Carpe Diem, Alter!

Für Clara, Fritz, Elisabeth, Dieter, Gerd-Dieter
und Maximilian Kasimir

Neo Heldt

Carpe Diem, Alter

Eine total entspannte Zeitreise

Bibliografische Information der Deutschen Nationalbibliothek:
Die Deutsche Nationalbibliothek verzeichnet diese Publikation
in der Deutschen Nationalbibliografie; detaillierte bibliografische
Daten sind im Internet über http://dnb.dnb.de abrufbar.

Herstellung und Verlag: BoD – Books on Demand, Norderstedt

ISBN: 978-3-7481-5622-2

Inhaltsverzeichnis

Vorwort

Liebe Leserin, lieber Leser,

gleich wirst du auf eine fiktive Reise durch die jüngere Vergangenheit gehen. Diese Geschichte In diesem Buch ist frei erfunden. Nichts daran ist real oder hat auch nur ein reales Vorbild. Alle Figuren und Orte entspringen meiner Phantasie, bis auf die Figuren und Orte, die der Phantasie anderer entsprungen sind.

Wenn dir die Geschichte in diesem Buch gefällt, freut mich das. Sollte dir die Geschichte nicht gefallen, verschenke das Buch bitte und lies ein anderes, das dir besser gefällt. Ich schrieb dieses Buch für mich. Als ich es begann, wusste ich nicht, wie es enden wird.

Tatsächlich war ich vom Ende selbst überrascht, denn ich hatte ein anderes Ende geplant. Aber mit Geschichten ist es wie mit dem Leben. Man nimmt, was man kriegt und macht hoffentlich das Beste daraus. Das habe ich probiert.

Viel Spaß beim Lesen...

Ein unerwartetes Päckchen

Ich schaue in Hildes Augen. Sie sitzt auf mir und stützt sich mit den Händen auf meinen Schultern ab. Wir sind beide nackt, wie Gott uns schuf.

Hilde bewegt sich rhythmisch auf mir auf und ab. Ihre wundervollen Brüste schwingen im Takt ihrer Bewegung. Ich greife danach. Ihre Bewegungen werden schneller. Ihr Kopf nähert sich meinem, um mir etwas ins Ohr zu flüstern.

düdüüdüt.

Ich wache auf. Scheiße, wieder einer dieser Träume von Hilde. Hilde, meine große Liebe. Hilde, deretwegen ich hierher nach Redershagen gezogen bin. Hilde, die mich für einen Marketing-Fuzzi in Wuppertal verlassen hat.

Das **düdüüdüt** ertönt erneut, der Wind trägt es vom Bahnhof direkt zu meinem Schlafzimmerfenster. Es ist der Warnton der Berliner S-Bahn, kurz bevor die Türen schließen. Okay, das heißt, es ist nach vier Uhr morgens, denn vorher fährt die S-Bahn hier draußen in Redershagen nicht.

Redershagen, etwas außerhalb Berlins, schon in Brandenburg gelegen. Die Liebe hat mich einst hierher verschlagen. Nach einigen glücklichen Jahren mit Hilde, fand sie eine andere große Liebe und verließ Haus, Kater und mich für ihren Marketing-Fuzzi. In Wuppertal. Wuppertal, ist das zu fassen?

Apropos Kater, wo ist der eigentlich? Das Geräusch von Katzenkrallen, die sich in den Teppich bohren, um dann rhythmisch herausgezogen zu werden, erklärt, dass es mindestens sechs Uhr sein muss, denn vorher kommt nicht einmal Maximilian Kasimir der Zweite, genannt MK Zwo, englisch Mark Two oder kurz Max, auf die Idee, sein Frühstück anzufordern.

Da er eine gewisse Hartnäckigkeit an den Tag legt, scheint es schon deutlich nach sechs zu sein. Ein Blick auf den Wecker bestätigt meinen Verdacht, es ist sieben Uhr dreißig. Sieben Uhr dreißig in Redershagen, ohne Hilde, dafür mit genügend Zeit, um sich den Kopf zu zerbrechen, was ich heute so machen könnte oder sollte.

Arbeiten gehen brauche ich nicht mehr, seitdem ich mein kleines Startup-Unternehmen an einen großen Internetkonzern verkauft habe. Dummerweise nahm mir dieser Verkauf aber auch, zumindest vorübergehend, die Sicherheit, was ich mit meinen Tagen anfangen kann.

Also beginnt jeder Tag erst einmal damit, mich zu fragen, Mark, was machst du heute?

Frühstücken mit MK Zwo ist jetzt die naheliegende Antwort. Danach könnte ich eigentlich mal wieder eine Runde im Käfer drehen. Den habe ich mir vor mehr als zehn Jahren geleistet, kurz bevor ich Hilde kennen lernte. Oder ich funke meinen alten Kompagnon Jonas an, der seit dem Verkauf unseres Startups vor dem gleichen Luxusproblem steht wie ich. Egal, erst einmal unter die Dusche. Danach die kleinen Dehnungsübungen, die mir Hilde noch empfohlen hat, bevor sie in den Westen ging. Aber das hatte ich ja schon erwähnt.

Kaum bin ich mit dem Frühstück fertig, Müsli mit Obst, dazu ein Glas Orangensaft und einen doppelten Espresso für mich, gesundes Bio-Katzenfutter für MK Zwo, klingelt es. Es ist die freundliche blonde Paketbotin und wie so oft, wenn ich mich langweile, bringt sie mehr Päckchen, als ich erwartet habe. Tja, in Zeiten des boomenden Internet-Versandhandels kann man schon mal den Überblick verlieren, was man wann, wo und zu welchem Liefertermin bestellt hat.

Aber ein Päckchen in Kevlar Verpackung, extrem gut gesichert, das nach meinem Fingerabdruck verlangt, bevor es sich öffnet? Was habe ich da bestellt, und vor allem wo und wann? Und woher haben die meinen Fingerabdruck?

Das Päckchen öffnet sich mit einem leisen *swooosh* und sieht von innen aus wie eine überdimensionale Smartphone-Verpackung. Ins Auge sticht etwas, das mir aus alten Filmen entfernt bekannt vorkommt. Sieht fast aus wie ein Flux-Kompensator 2.0. Etwas kleiner und kompakter. Sogar die Anzeigen und Einstelltasten sind dran. Kaum größer als ein 7" Tablet. Als ich es aus der Packung hebe, kommt darunter eine zweite Schicht zum Vorschein. Ein Kästchen mit durchsichtigem Deckel. Scheint einen Kristall zu enthalten. Habe ich ein Tablet beim Juwelier meines Vertrauens bestellt? Nicht das ich wüsste. Unter dem Kristallkasten kommt noch ein Kabel und eine Anleitung. Ich weiß zwar immer noch nicht, was es ist, aber eine Anleitung, die mit *Hallo Mark...* anfängt, ist schon erfrischend überraschend. Noch überraschender ist, dass mich mein cineastisches Gedächtnis nicht getäuscht hat. Laut Anleitung ist es tatsächlich ein Flux-Kompensator. Das wäre ja ein Knaller. eine Zeitmaschine ganz allein für mich. Neugierig geworden, lese ich weiter in der Anleitung:

Hallo Mark, was du gerade in den Händen hältst, ist ein Flux-Kompensator. Wenn mich mein Zeitgefühl nicht täuscht, erreicht dich dieses Paket exakt am 5. November 2018. Und in deiner Garage sollte der 1962er VW Käfer stehen, den du seit mittlerweile 14 Jahren hast. Hast du Lust, zuzuschauen, wie er vom Band läuft? Dann folge der Anleitung.

4

Häh? Eine Zeitmaschine? Nee, is' klar. Ein Blick nach links und rechts über die Schulter. Gibt es hier irgendwo versteckte Kameras oder gar Kamerateams. Ein Prank von Jonas? Wer könnte mir sonst einen Streich spielen wollen? Ein Einplatinencomputer mit Touchscreen, etwas IOT-Spielerei und fertig ist der LART für Mark? Jonas, Jonas, hast du dir das ausgedacht, um uns beiden etwas Beschäftigung zu verschaffen? Mir damit, zu rätseln, was das sein könnte und Dir mit Gelächter über mich? Nun ja, der Kreis derer, die wissen, dass Karlchen, mein 62er Käfer in meiner Garage wohnt, ist nicht eben klein. Weiter im Text:

Nein, das ist kein Prank von Jonas. Es ist ein Geschenk von Dir selbst, also von mir, Deinem zukünftigen Ich an Dich, meinem ehemaligen Ich. Klingt komisch, ist aber so.

WTF, habe ich irgendetwas falsches gegessen? Kann ein Päckchen Gedanken lesen? Wenn es schon aus der Zukunft kommt, warum ist die Anleitung auf PAPIER gedruckt? Genau in dem Moment, als mir dieser Gedanke kommt, verschwindet die Schrift und eine neue erscheint:

Das, was du für Papier hältst, ist in Wirklichkeit ein altes ePaper, dass ich zufällig im Antiquitätenladen aufgetrieben habe.

Aber zurück zum Thema. Passend zum Flux-Kompensator habe ich Dir noch ein Dilithium Powerpack eingepackt. Das liefert die nötigen 1.21 Gigawatt, die du für den Zeitsprung brauchst. Eine kleine Einschränkung hat meine kleine Bastellösung. Der Dilithium Kristall braucht ca. 24 h, um sich wieder aufzuladen.

Nun zur Installation. Der Flux-Kompensator hat magnetische Halterungen So kannst du ihn innen

am Handschuhfachdeckel anbringen. Das Power-
pack legst du einfach ins Handschuhfach und ver-
bindest sie mit dem mitgelieferten Kabel mit dem
Flux-Kompensator.

Check kurz, ob das aktuelle Datum im Flux kor-
rekt eingestellt ist. Wenn du die Zielzeit eingestellt
hast, kann es auch schon fast losgehen. Sobald du
den roten Knopf drückst, halt dich fest. Tempora
mutantur.

Okay, erst einmal durchatmen. Wenn das wirklich ein Päckchen von mir an mich ist, warum schicke ich es mir? Kommt so etwas in irgendeinem der Science-Fiction Romane vor, die ich gelesen habe? Wie soll so ein Flux-Kompensator funktionieren und woher soll ich ein Dilithium Powerpack haben, das genug Power für ein Kernkraftwerk beinhaltet und direkt aus dem Star Trek Universum stammen könnte. Warum nicht gleich ein Stargate-ZPM. Oder einen magischen Zeitumkehrer, präsentiert von einem Dumbledore-Double. Ich tippe immer noch auf einen Prank von Jonas.

Und wieder ändert sich die Seite:

Ja ich weiß, das klingt unwahrscheinlich für Dich,
aber es ist wirklich kein Prank von Jonas. Und
wenn ich ein ZPM oder einen Zeitumkehrer gefun-
den hätte, würdest du das im Päckchen finden.
Habe ich aber nicht. Woher der Dilithium Kristall
stammt, weiß ich selbst nicht, aber er funktioniert,
so viel steht fest. Denn ich habe die Reise, zu der
du gleich aufbrechen wirst, schon gemacht. Oder
genauer, du wirst sie machen, denn Karlchen vom
Band laufen zu sehen, ist für dich einfach unwider-
stehlich.

Und jetzt nimm die eingewickelten Kennzeichen
aus der Packung. Ich denke, du kannst sie brau-

chen. H-Kennzeichen waren 1962 noch nicht üblich. Wir werden Karlchen einfach zu einem Double von Opas Käfer machen. Rot sind beide und das zusätzliche Faltdach wird nicht sehr auffallen. Zusätzlich zu den Kennzeichen findest du auch passende Papiere, die dich als unseren Opa, Fritz Jensen, ausweisen. Und eine Einladung zur VW-Werksbesichtigung am 30. September 1962.

Tja, und nun? Das wäre schon ein Knüller. Zuzusehen, wie Karlchen taufrisch vom Band läuft. Gab es 1962 schon die berühmte Werkscurrywurst in Wolfsburg? Und was ist mit der Physik? Wie soll ein Auto zweimal zur gleichen Zeit aus den gleichen Atomen existieren? Ich denke, da halte ich es mit Doc Brown aus „Zurück in die Zukunft" und pfeife auf die Antwort. Nächste Frage, was trägt man anno 62?

Die Anleitung hat die Lösung schon parat:

Mach das zweite Paket auf, das von „DeineLieblingsklamotten.de". Darin findest du was Passendes für die 60er Jahre. Ich habe es nach einem Foto von Opa nachschneidern lassen.

Cool, ich scheine ja wirklich an alles gedacht zu haben. Aber wenn ich hier in Brandenburg starte, könnte es schwierig werden, plötzlich im Jahr 1962 in der DDR als Bundesbürger knappe 12 Kilometer vom NVA-Hauptquartier angetroffen zu werden.

Auch darauf hat die Anleitung eine Antwort:

Natürlich kannst du nicht direkt von der Garage aus die Zeitreise starten, aber das hast du Dir ja auch gerade überlegt. Füttere den Kater, zieh dich um und fahr nach Wolfsburg. Der Flux enthält die nötigen Koordinaten eines schönen einsamen Waldwegs, von wo du ungestört starten kannst und wo du ungestört auftauchen kannst, ohne einen Menschenauflauf zu provozieren.

Ja, das habe ich mir auch gerade überlegt. Drei Stunden hin, nach dem Zeitsprung drei Stunden zurück, das schaffe ich tatsächlich an einem Tag. Zumindest in der Gegenwart. Aber halt, wie zahle ich anno 1962?

P.S.: Im Päckchen mit den Kennzeichen findest du genug zeitgenössisches Geld, um gut über die Runden zu kommen. Und noch ein Rat, lauf unserer Familie nicht über den Weg!

Nächste Ausfahrt Wolfsburg

Geduld ist eine Tugend, von der ich leider zu wenig habe. Vor mir liegen 220 km in einem 56 Jahre alten Käfer, dem man nicht mehr als relativ gemütliche 100 Sachen zumuten sollte. Das heißt, in etwa zweieinhalb Stunden kann ich in Wolfsburg sein. Kaum bin ich an Helmstedt vorbei, wacht der Flux-Kompensator auf und leitet mich auf den vorgesehenen Startpunkt.

Mittlerweile ist es dunkel und außer ein paar Wildschweinen sind keine weiteren Zuschauer zu erwarten. Ich steige aus und schraube die zeitgenössischen Nummernschilder an. Ab jetzt ist Karlchen ein Double des Käfers von meinem Opa. Und nun? Soll ich es wirklich wagen? Was gibt es noch zu bedenken? Ich habe die richtigen Klamotten an, der Wagen passt in die Zeit, der Flux-Kompensator ist geladen. Einfach das Zieldatum 30.09.1962 einstellen und den roten Knopf drücken.

Na, dann los! Ich drücke den Knopf und...

...außer einem leisen **fump** passiert eigentlich nichts. Es ist weiterhin dunkel, Bäume rund um mich herum. Hat wohl nicht funktioniert. Na dann, wenden und zurück auf Anfang. Am Anfang des Feldwegs bemerke ich dann, dass irgendetwas anders ist. Die moderne zweispurige Kreisstraße ist plötzliche eine baumgesäumte Chaussee, auf der zwar wenig Verkehr ist, von fünf vorbeifahrenden Wagen aber vier Käfer sind.

Ich kann es kaum glauben, es scheint wirklich geklappt zu haben. Soweit kann Jonas den Prank nicht getrieben haben. Ich lenke den Käfer Richtung Wolfsburg und schwimme im zunehmenden Verkehr mit. Vor mir ein Käfer, hinter mir ein Käfer und ich mitten drin.

Okay, also haben wir anscheinend tatsächlich den 30. September 1962. Davon gehe ich zumindest so lange aus, bis ich mir an einem Kiosk eine Tageszeitung gekauft habe. Die Morgendämmerung setzt ein, d.h. ich habe noch Zeit für ein Frühstück. Ob man anno 62 am Wolfsburger Bahnhof ein Frühstück bekommen kann? Na, ich werde es gleich sehen.

Parkplätze gibt es genug, ich darf nur nicht vergessen, wo ich den Wagen hingestellt habe, denn zwischen all den anderen Käfern könnte die Suche etwas dauern. Käfer, soweit das Auge blickt. Gut, dass ich keinen Opel Kadett habe, damit würde ich hier auffallen wie ein bunter Hund. Am Bahnhof gibt es tatsächlich die obligatorische Bahnhofsgaststätte.

Spätestens jetzt wäre ich überzeugt, denn den Wolfsburger Bahnhof der Gegenwart kenne ich ganz gut und dieser hier sieht deutlich anders aus, älter. Und Autostadt und Phaeno fehlen. Kurz überfliege ich die Schlagzeilen der Tageszeitungen am Kiosk. Die Kubakrise hat ihren Höhepunkt noch nicht erreicht. Das wird erst zwei Wochen später akut. Aber die Beatles spielen am ersten November wieder im Star Club in Hamburg. Das könnte ich mir natürlich auch mal ansehen.

Jetzt aber erst einmal in die Bahnhofsgaststätte für einen Kaffee. Und um die wirklich atemberaubende Beehive-Frisur der Kellnerin zu bewundern. Das hier ist wirklich 1962, jetzt bin ich mir sicher. Es hat wirklich funktioniert.

„Guten Morgen, ich hätte gern einen Kaffee, ein Käse- und ein Wurstbrötchen."

„Gern der Herr, darf's noch was sein?

Mal ganz abgesehen vom Beehive ist die Bedienung wirklich ganz niedlich, rothaarig, 1,70, also ungefähr so groß wie ich. Schlank, sportlich, mit Kurven an den richtigen Stellen. Sie gefällt mir auf den ersten Blick, auch wenn sie vom Geburtsdatum her meine Mutter sein könnte. Aber ich sollte nicht vergessen, dass ich aus einem speziellen Grund hier bin.

„Was führt Sie denn nach Wolfsburg?“

Aha, sie macht auf Konversation. Nein Mark, du suchst nicht in der Vergangenheit nach der Frau des Lebens, du willst nur dabei sein, wenn dein Käfer vom Band rollt.

„Ich mache etwas total Originelles, ich schauen meinem Auto dabei zu, wie es vom Band rollt.“

Die Wahrheit, richtig zurechtgestutzt, passt immer am besten.

„Welche Farbe kriegt er denn?“

„Rot, mit Faltdach.“

So einfach ist dieser Teil der Unterhaltung auch nur noch in den 60ern, später müsste man mindestens Typbezeichnung und Motorisierung dazu abfragen. Heute, d.h. am 30. September 1962 kann hier und jetzt in Wolfsburg nur eine Sorte Auto vom Band laufen.

„Gefällt mir am besten, passt so gut zu meiner Haarfarbe.“

Na Mädel, bin ich nicht ein bisschen zu alt für Dich. Nein, warte, eigentlich bin ich viel zu jung für Dich, derzeit treibe ich 80 km weiter westlich als sechsmonatiger Fötus im Fruchtwasser.

„Wann rollt er denn vom Band?“

„So gegen 10:00, aber ich nehme ihn heute noch nicht mit.“

Stimmt, denn ich werde ihn erst 40 Jahre später gebraucht kaufen.

„Ach schade, ich hätte nichts gegen eine kleine Spritztour mit offenem Faltdach gehabt. Und meine Schicht hier endet um 13:00.“

Mark, Mark, solltest du ausgerechnet hier in der Vergangenheit die einzige Frau treffen, die tatsächlich auf rote Faltdachkäfer steht? Mach jetzt bloß keinen Blödsinn!

„Na ja, wenn es Sie nicht stört, dass es ein älteres Modell ist, mein alter Käfer ist auch rot mit Faltdach."

Ja, Mark, so kriegst du sie, wirklich die perfekte Anmache. Und das mit dem älteren Modell so schön zweideutig. Und das junge Ding ist doch maximal 25. Du Lustgreis. Wenn Jonas das wüsste. Weiß er aber nicht, denn er ist nicht hier und übrigens auch überhaupt noch nicht geboren.

„Naja, Käfer ist Käfer. Meine Oma sagte immer, kennste eenen, kennste alle. Hier in der Nähe gibt es einen schönen Badesee. Wie wäre es? Ich sorge für die Brötchen und wir treffen uns zum Picknick?"

Sie meint es tatsächlich ernst. Muss ich erst 50 Jahre zeitreisen, damit mir so etwas mal passiert?

„Das klingt großartig. Ich komme gleich nach der Werksbesichtigung und hole Sie ab."

So viel zu Standhaftigkeit und Sinn fürs Wesentliche. Andererseits war es schon ziemlich einsam zuhause, seit Hilde mich verlassen hat, um in Wuppertal mit ihrem Marketing-Fuzzi glücklich zu werden. Das hatte ich schon erwähnt, oder? Wer weiß, ob ich sonst überhaupt auf die Idee gekommen wäre, so einen Stunt zu unternehmen. Und wenn ich es nicht zu wild treibe, wird das doch eine nette zusätzliche Episode, die ich später in den „Erinnerungen eines Zeitreisenden" niederschreiben kann.

Im Werk

Noch keine Stunde im Jahr 1962 und schon habe ich ein Date. Dabei ist hier in der guten alten Bundesrepublik die freie Liebe noch gar nicht erfunden. Und denk dran, Mark, du bist wegen etwas anderem hier. Gleich läuft Karlchen vom Band. Behauptet jedenfalls dein zukünftiges Ich.

Woher weiß ich das eigentlich in der Zukunft? Na ja, irgendwann werde ich es rauskriegen. Da ich jetzt hier bin, kann ich es mir ja selbst sagen. Häh? Zeitreisen sind komplizierter, als ich dachte. Oha, ich muss nachher dringend noch in eine Drogerie, wir wollen doch keine kleinen Marks hinterlassen und die Zukunft zu sehr verbiegen. Darüber habe ich mir noch gar keine Gedanken gemacht. Okay, wie geht' weiter. Erst mal zum Werkstor, zum Besuchereingang durchfragen. Was sagt mein Wegweiser aus der Zukunft? Oh, da gibt es plötzlich einen neuen Absatz:

So, jetzt bist du im Jahr 1962 und hast Lena kennengelernt. Mach Dir keine Gedanken, dass du den Zeitstrom verändern könntest, dass scheint nicht so einfach zu sein, wie man allgemein denkt. Die Zeit scheint so etwas wie einen Änderungsschutz zu haben. Probiere es aus und versuch, Karlchen einen kleinen Kratzer zu verpassen.

Ja und, weiter? Und wer ist Lena? Die niedliche Rothaarige von eben? Aber mehr steht da nicht. Mensch, langsam geht mir mein zukünftiges Ich echt auf den Geist, etwas mehr Andeutungen dürften es schon sein.

Nein, denn dann wärst du nicht Herr Deiner Taten.

Danke, liebe Anleitung, dass macht mich jetzt echt viel zufriedener. Aber zurück zum Thema, hier ist der Besuchereingang.

„Guten Tag, ich habe eine Einladung zu einer Werksbesichtigung."

„Ja, der Assistent von Herrn Nordhoff hat Sie schon angekündigt. Ich rufe kurz in seinem Büro an, warten Sie bitte so lange hier in unserem Besucherwarteraum."

Wow, zwar nicht ganz oben, aber ziemlich weit oben, wie habe ich das den gedeichselt?

„Guten Tag Herr Jensen, mein Name ist Franz Domjan, wenn Sie mir bitte folgen wollen."

„Die Führung läuft schon, aber wir wurden informiert, dass Sie besonders an der sogenannten Hochzeit interessiert sind."

„Das stimmt, aber die Schritte, die zur eigentlichen Karosserie nötig sind, interessieren mich auch sehr."

„Das passt perfekt. Die Gruppe kommt gerade aus der Motorenfertigung und sieht sich jetzt die Fahrgestellherstellung an. Wir kommen also genau richtig. Ich hörte, Sie schreiben ein Buch über moderne Fertigungsmethoden in der Automobilindustrie?"

„Stimmt. Und was wäre für die Recherche dazu besser geeignet, als eins der modernsten Autowerke der Neuzeit."

Boah, bist du ein Blender. Die sind hier gerade kurz davor, den Anschluss zu verlieren, weil sie seit fast 20 Jahren das gleiche Auto bauen. Und du schmierst ihnen noch Honig ums Maul.

Wir fahren mit dem sogenannten Bähnle, einer offenen Käfersonderkonstruktion. Zu Fuß wäre es ein ganz schönes Stück, denn auch 1962 war das Volkswagenwerk schon groß. In der Karosseriefertigung angekommen, stoßen wir auf die Besuchergruppe, in die mich Herr Domjan verabschiedet.

„Ich wünsche Ihnen viel Freude an unserer Führung. Wenn Sie danach noch Fragen haben, wenden Sie sich an den Tour Führer, der weiß, wo ich zu finden bin.“

„Vielen Dank, dass Sie sich die Zeit genommen haben, ich melde mich in den nächsten Tagen, wenn es Ihnen recht ist.“

„Natürlich, auf Wiedersehen.“

Die Führung ist schon ein paar Schritte weiter, aber ich schaffe den Anschluss mit ein paar schnellen Schritten.

„....hier werden die vorhin ausgestanzten Seitenteile mit dem Dach und der Armaturentafel zusammengefügt. Die dafür notwendigen Arbeiten werden von unseren hochqualifizierten Schweißern sorgfältig und passgenau durchgeführt. Pro Schicht fügt jeder von ihnen...“

Ich stehe staunend in der Halle. Überall scheinen Käferteile zu schweben. Langsam bekomme ich einen Überblick. Der Lärm ist enorm, es scheppert, knattert, knallt und blitzt. Und am hinteren Ende der Halle scheinen blecherne Käferhüllen zu entschweben. Und ja, da entsteht gerade ein „Häuschen“ mit Loch im Dach. Genau dort kommt später ein Faltdach rein. Vielleicht ist es ja Karlchen.

„....gehen wir weiter in die Lackiererei. Hier sehen Sie eine der modernsten Anlagen Deutschlands. Wir können gleichzeitig alle derzeit angebotenen Farben auf die Rohkarossen aufbringen.“

Wir gehen an grün und grau vorbei. Der rote Lackierbereich kommt in Sicht. Genau davor schwebt wieder eine Faltdachrohkarosse. Und sie gleitet tatsächlich in die rote Lackieranlage. Wieder ein mögliches Karlchen Kleid.

„Die eingefärbten Karosserien müssen jetzt in den Ofen, damit die Lackierung bei 80 ° trocknen kann. Vorher kann man sie in der Endfertigung nicht gebrauchen. Dort gehen wir als nächstes hin. Wenn Sie mir bitte folgen wollen...“

Und ob ich will. Der nächste Hallenabschnitt ist voller Käfer. Ein Schlaraffenland für jeden Käferliebhaber. Könnte ich alles, was in dieser Halle schwebt, in einen Zug stecken und in die Zukunft fahren, hätte ich ausgesorgt. 62er Käfer mit 0 Kilometern auf dem Tacho dürften im Jahr 2018 ein hübsches Sümmchen einbringen. Wie kann man das umsetzen? Merken und später drüber nachdenken, jetzt geht es in medias res mit dem Käfer Bau.

„...Sie hier sehen, ist das, was wir die Hochzeit nennen. Auf dem unteren Band laufen die fertig bestückten Fahrgestelle mit Motor und Lenkung, von oben kommen die fertig bestückten Karosserien angeschwebt. Hier ist der Punkt, wo aus den Teilen ein Auto wird, dass ein Autoleben lang rollt und rollt.“

Und rollt und rollt. Der Tour Führer hat eine lyrische Ader, Vielleicht ist er nebenbei noch Texter der Käfer-Werbespots. Jetzt schwebt eine rubinrote Faltdachkarosserie heran und senkt sich auf ein passendes Chassis. Ich bin ganz nah dran und hätte jetzt die Chance, auszuprobieren, wie es um die Schutzfunktion der Zeit bestellt ist. Aber ich werde doch nicht absichtlich einen Käfer verunstalten. Es wird andere Möglichkeiten geben, das herauszufinden.

Das ist er also, der Moment, wo Fahrgestellnummer 4974062, später bekannt als Karlchen, seine ersten Reifenumdrehungen als komplettes Auto macht. Schick sieht er aus. Vielleicht sollte ich ihn doch mal restaurieren lassen. Oder eben auch nicht. Und schon ist der Moment vorbei.

„...werden die Wagen angelassen und fahren ihre ersten Meter durch die Qualitätskontrolle, um danach auf dem Produktionsparkplatz abgestellt zu werden.“

Ja, ich weiß. Und wenn ich meinen Fahrzeugpapieren glauben darf, stand Karlchen geschlagene zwei Jahre auf diesem oder einem ähnlichen Parkplatz. Vom Band gerollt 1962, Erstzulassung 1964. Exportkäfer mit Faltdach waren im Wirtschaftswunderland anno 1962 nicht mehr so gefragt. Aber das wird erst einer der Nachfolger von Herrn Nordhoff ändern.

Ein Blick auf die Uhr, gleich ist es Mittag.

„…laden wir Sie herzlich ein, die berühmte Volkswagencurrywurst in unserer Besucherkantine zu genießen."

Der Mann kann Gedanken lesen. Auf zum leckeren Snack. Und dann in eine Drogerie. Und dann zu Lena. Und dann nach Hause.

Das Picknick

Die Currywurst ist auch anno 1962 genau so lecker, wie ich sie von 2009 in Erinnerung habe, als ich sie das erste Mal in Wolfsburg gegessen habe. Damals haben Hilde und ich unser erstes gemeinsames Auto hier in der Autostadt abgeholt.

Jetzt bin ich stattdessen ein paar Jahrzehnte früher auf dem Weg zur Bahnhofsgaststätte, um Fräulein Lena abzuholen. Da steht sie schon, mit Kopftuch und Sonnenbrille. Ein Bild wie aus einem Modejournal aus den 60ern. Und genau da bin ich ja gerade. Oder besser, genau dann.

Wir gehen nebeneinander an einer endlosen Reihe Käfer vorbei. Den geflochtenen Picknickkorb habe ich übernommen. Irgendwo hinter uns kommt ein Bus laut hupend zum Stehen. Wir drehen uns um, bestaunen den hochroten Kopf des Busfahrers, bekommen die Schimpftirade, die ihm entfährt aber nur sehr schwach mit. Da hat ihm wohl ein Käfer die Vorfahrt genommen. Na klar, was sonst, wir sind schließlich in Wolfsburg.

„Als Sie gesagt haben, Ihr alter Käfer, haben Sie wirklich nicht untertrieben. Der hat wohl schon einige Jährchen auf dem Buckel.“

Fräulein Lena steht kopfschüttelnd vor meiner als Käfer verkleideten Zeitmaschine. Wenn sie wüsste, wie viele Jahre Karlchen auf dem Buckel hat, käme ich in Erklärungsnöte. Aber dazu ist das Wetter zu gut und die Begleitung zu hübsch.

„Er mag etwas alt und gebraucht aussehen, aber er funktioniert noch ausgezeichnet.“

Schon wieder so eine köstliche Zweideutigkeit, ich übertreffe mich heute geradezu selbst.

„Wo wollen wir hin? Wo geht's lang?" frage ich.

„Wohin Sie wollen."

Oho, das mit der Zweideutigkeit bekommt das Fräulein Lena aber auch sehr gut hin. Da bin ich ja gespannt auf den Nachmittag.

„Sie bestimmen den Weg, Sie kennen sich hier viel besser aus."

Ich bin wirklich ein Fuchs, was Zweideutigkeiten angeht.

„Na dann halten Sie sich östlich auf der 188. Und dann abbiegen Richtung Velpke, dort gibt es auf halber Strecke einen schönen Badesee im Wald."

Während Karlchen zwischen all den anderen Käfern östlich Richtung Zonengrenze rollt, kommen wir ins Gespräch.

„Fräulein Lena, wieso setzen Sie sich zu einem älteren Herrn, den Sie gerade einmal ein paar Stunden kennen ins Auto und laden ihn zum Picknick ein?" eröffne ich mit entwaffnender Direktheit das Gespräch.

„Weißt du Mark, so unbekannt bist du mir nicht. Ich bekam einen Brief von jemandem namens Jonas, der mir ziemlich genau beschrieb, was in meiner näheren Zukunft passieren würde. So kam ich zum Beispiel an die Stelle in der Bahnhofsgaststätte."

Vor Überraschung hätte ich fast einen Chausseebaum gerammt. Ich drehe mich zu Lena. Sie lächelt mich an.

„Und aufgrund eines Briefes eines wildfremden Mannes steigst du zu einem anderen wildfremden Mann ins Auto?"

„Tja, weißt Du, ich habe meine Eltern im Krieg verloren. Bis zu den Tipps in Jonas' erstem Brief wohnte ich in einem Heim für unverheiratete Frauen und suchte nach einer Stelle."

„Moment, du hast mehr als einen Brief bekommen?"

„Ja, insgesamt waren es drei. Der erste war voller Hinweise, was in der näheren Zukunft passieren würde und wie ich an eine

Stelle und eine kleine Wohnung kommen könnte. Der zweite war ziemlich erschreckend, denn er enthielt eine Liste mit zukünftigen Todesfällen. Und ganz unten auf der Liste stand auch, wann ich selbst an der Reihe sein würde und wo der Unfall stattfinden würde, dem ich zum Opfer falle.“

„Was? Wann? Wo? Wie?“

Der nächste Chausseebaum verfehlt uns nur knapp. Wenn Karlchen könnte, würde er jetzt die Scheinwerfer runzeln.

„Heute um 13:00 auf dem Weg nach Hause werde bzw. würde ich von einem Bus erfasst und im Krankenhaus meinen Verletzungen erliegen. Aber der dritte Brief bot mir einen Ausweg. Es würde am betreffenden Tag morgens ein bärtiger Mann in die Gaststätte kommen und einen Kaffee und zwei Brötchen bestellen. Und der hätte einen Ausweg für mich.“

Das war dann wohl der Bus von eben. Super, Gegenwart geändert, Zukunft im Eimer. Danke Jonas. Andererseits, ein Leben gerettet. Schauen wir mal, wie wir da rauskommen.

„Und du hast diesen Briefen geglaubt?“

„Nun ja, was hatte ich zu verlieren? du wirkst nicht gerade wie ein irrer Axtmörder.“

„Danke für die Blumen. Und ich dachte, es wäre meine männliche Anziehungskraft, die dich unwiderstehlich in meinen Bann zog.“

Lena grinste mich entwaffnend an.

„Das natürlich auch.“

„Schwindlerin.“

Wie ging es so schnell von Fräulein Lena und Herr Paschköwitz zu Lena und Mark? Irgendetwas hat sie an sich, diese junge Serviererin aus den 60ern. Und Jonas kennt sich mit Internetsuchmaschinen und Big Data Analysen wirklich gut aus. Sonst wäre aus unserem Startup nie ein solcher Erfolg geworden. Wenn er diese

Briefe geschrieben hat, hat er garantiert vorher alle erreichbaren Datenbanken durchforscht, ob und wie Lena dort nach dem 30.09.1962 auftaucht.

Lena stupst mich an und reißt mich aus meiner Grübelei.

„So, hier jetzt rechts abbiegen und dann wieder rechts in den Waldweg. Übrigens, ich will ja nicht neugierig sein, aber welchen Ausweg hast du denn für mich?"

So, dass musste ja jetzt kommen. Erste Regel für Zeitreisende, verrate niemandem, dass du ein Zeitreisender bist. Zweite Regel, nimm niemals jemanden aus der Vergangenheit in die Zukunft mit. Und ich bin auf meinem ersten Trip kurz davor, beide Regeln zu brechen. Und zwar bei einer Frau, die eigentlich gerade unter einem Bus ihren letzten Atemzug machen sollte. Verzwickt in einer ganz neuen Dimension. Ich versuche, etwas Zeit zu gewinnen. Na super, ein Zeitreisender, der Zeit schindet.

„Lass uns doch erst einmal schwimmen gehen und dann machen wir das Picknick. Und dann erzähle ich Dir von Deiner Zukunft. Nein, lass uns gleich mit dem Picknick anfangen, ich habe keine Badehose mit."

„Ich auch nicht, aber wen stört das? Hier ist niemand weit und breit."

Lena grinst schon wieder und ist ruckzuck im Wasser. Am Ufer bleibt nur ein Haufen Kleidung zurück. Und ein ziemlich erstaunter Mark. So schnell es geht, lege ich meinen Kleiderhaufen daneben, während ein grinsender nasser Rotschopf mir aus dem Wasser zusieht.

Gut, dass kein Sittenwächter dabei zusieht, was wir hier an freier Liebe im Kiesteich veranstalten, denke ich mir. Eine Weile später, als wir nebeneinander im Gras sitzen, kommt Lena wieder auf das eigentliche Thema zurück.

„So, jetzt bist du dran. Wie geht es weiter? Welchen Ausweg hast du für mich?"

Lenas Beehive ist einem feuchten Pferdeschwanz gewichen. Sie beißt herzhaft in ein Mettbrötchen. Ich atme einmal tief durch. So etwas wie heute hatte ich mir nicht mal in meinen kühnsten Träumen vorgestellt. Erst eine Zeitreise und dann ein Date im Wald mit einer attraktiven Rothaarigen.

„Kurz gesagt, die Zukunft ist Dein Ausweg."

„Und was bedeutet das? Bist du etwa ein Zeitreisender? Wie bei H.G. Wells?"

„Du hast Wells gelesen?"

„Wieso, traust du mir sowas nicht zu, weil ich in einer Bahnhofskneipe arbeite?" Lenas Blick wird durchdringend. Und ihre Stirn legt sich in Falten.

„Nun ja, in meiner Zeit wird Wells eher von Männern gelesen, wenn überhaupt noch. Und ja, ich bin tatsächlich ein Zeitreisender, auch wenn ich das gestern selbst noch nicht wusste. Dies ist meine erste Zeitreise. Und so wie es aussieht, bin ich Dein Ausweg. Genauer gesagt..." ich deute auf den Käfer *„... steht da Dein Ausweg."*

„Also kein gemütlicher Polstersessel mit Kufen und einer Drehscheibe mit Blinklichtern? Stattdessen ein Zeitreisevolkswagen, der ziemlich in die Jahre glommen aussieht. Naja, kein Wunder bei einer Zeitmaschine."

„Nee, auch Karlchen ist erst seit gestern Zeitmaschine. Er ist heute vom Band gelaufen, ich war dabei. Unsere Zeitmaschine hier hat einfach schon 56 Jahre auf dem Buckel, genau wie sein Fahrer."

„Dafür habt ihr euch aber gut gehalten."

„Danke. So, nun zum Ausweg. Da ich ja nun irgendwie schuld daran bin, dass du noch lebst, lade ich dich herzlich ein, mit mir in meine Zeit zu kommen."

Sie sieht mich forschend an.

„Wann und wo ist denn Deine Zeit?"
Ich hole tief Luft und antworte.
„Deutschland anno 2018. "
Sie zuckt mit keiner Wimper, taffes Mädchen.
„Und wie ist es da so?"
„Bunt, schrill, hektisch, wenn man will aber auch ruhiger. Schau es Dir an, wenn es Dir nicht gefällt, bringe ich dich zurück. "
„Damit ich mich doch noch überfahren lassen kann, nein danke. Einfache Fahrt bitte. "
Wenn ich nur wüsste, wie Jonas das gedeichselt hat.

Lenas Intermezzo I

Puh, da hatte ich ja wirklich Glück. Als ich heute Morgen aufgewacht bin und mich fertig gemacht habe, war ich schon sehr nervös, was der heutige Tag bringen wird. Schließlich stand in diesem dritten Brief, dass es am 30.09.1962, also heute passieren würde.

Entweder treffe ich meinen Retter oder erlebe den morgigen Tag nicht. Und gleich ein so netter Retter. Schon etwas älter, wohl so um die 50. Und ein bisschen rundlich um die Hüften. Aber dieses Graumelierte und der Bart, irgendwie anziehend. Und so unbedarft. Richtig süß, wie schüchtern er war, als ich in den See gesprungen bin. Und wie unbeholfen danach. Aber sehr aufmerksam. Und ganz offensichtlich habe ich ihm gefallen. Lena, Lena, du hast scheinbar alles richtig gemacht.

Aber dass ein so oller Volkswagen eine Zeitmaschine sein soll? Hoffentlich kommen wir in einem Stück da an, wo immer es auch hin geht. Lena du Schaf, du hast noch gar nicht gefragt, wo es denn genau hin geht. Nach 2018, aber wohin da? Na egal, in jedem Fall ein Abenteuer. Und hier hält mich seit Tante Käthes Tod nun wirklich nichts mehr. Und Mark hat gesagt, wenn ich will, bringt er mich wieder zurück.

Zurück in die Zukunft

Ein ereignisreicher Tag bis jetzt. Mal sehen, was noch kommt. Erst mal zurück nach Hause. Lena und ich packen die Reste des Picknicks zusammen und verlassen den Badesee. Den Rücksprung mache ich lieber von da, wo ich gestartet bin. Mittlerweile ist es dunkel. Komisch, in den 60ern fällt Karlchen mit seinen 6 Volt Funzeln gar nicht so auf, die anderen Autos rundherum leuchten auch nicht stärker. Fast wäre ich am Feldweg vorbeigefahren, aber der Flux piept rechtzeitig. Lena schaut verdutzt.

„Was war das für ein Geräusch?"

„Die Zeitmaschine zeigt mir den Weg zum Startpunkt."

„Von hier kommst Du?"

„Nein, aber von hier bin ich in Deine Zeit gestartet."

„Und wie geht es jetzt zurück?"

Wir sind an der Stelle angekommen, von der ich heute Morgen losgefahren bin. Ich stoppe den Wagen, schalte die Scheinwerfer aus und klappe den Handschuhfachdeckel auf. Die Anzeige für den Rücksprung blinkt rot. Ach ja, da war ja noch was. Ich bin um vier gestartet, also kann ich erst morgen früh um vier zurück. Vorher sind die 24 Stunden nicht um und vorher stehen die 1.21 Gigawatt aus dem Dilithium Kristall nicht zur Verfügung.

„Ich fürchte, wir müssen noch ein wenig warten. Die Zeitmaschine muss sich noch bis morgen früh aufladen."

„Sind wir nicht schon etwas zu weit gegangen für „das Benzin ist alle, wir müssen hier übernachten"?"

Lena zwinkert mir zu und grinst.

„Tja, stimmt wohl, aber Karlchen muss trotzdem noch ein paar Stunden aufladen, bevor wir den Knopf für den Rücksprung drücken können.

„Hast du zufällig eine Decke in Deinem Zeitmaschinenkäfer? Ansonsten müssen wir uns unter die Picknickdecke kuscheln,"

Wir kuscheln uns auf der Rückbank unter die Decken. Das ist eigentlich ein guter Zeitpunkt, um etwas mehr über Lena zu erfahren, denke ich mir.

"Lena, erzähl doch mal etwas über Dich. Bislang weiß ich nur, dass du in einer Bahnhofsgaststätte arbeitest und H.G. Wells gelesen hast."

Lena sieht mich an und schmunzelt mal wieder.

"Tja, nicht besonders viel, was du über die Frau weißt, die du in die Zukunft entführen willst. Was würdest du denn gern noch über mich wissen? Meine Lieblingsfarbe? Grün. Welche Platten ich höre? Alles von Harry Belafonte und Frank Sinatra. Und dass ich Wells gelesen habe, hast du ja schon mitbekommen. Oh, und ich spiele Handball in der Damenmannschaft von Fallersleben. Und ich hätte fast ein Physikstudium abgeschlossen, wenn Albert Einstein nicht gestorben wäre."

Moment, was war das mit Einstein. Hat Lena tatsächlich eben von Einstein geredet? Ich wickele mich ein wenig aus der Decke und sehe Lena im Halbdunkel in die Augen.

„Einstein? Was hat Einstein mit Deinem Physikstudium zu tun?"

„Naja," erzählt Lena, „ich hatte ein Stipendium der Uni in Princeton, das wohl auf eine Stiftung von Albert Einstein zurückging. Mit diesem Stipendium habe ich in Göttingen angefangen zu studieren, musste aber kurz nach dem Vordiplom abbrechen, weil das Stipendium nach Onkel Alberts Tod nicht verlängert wurde. Danach habe ich dann eine Lehre zur Bürokauffrau gemacht und den Job erst aufgegeben, als Jonas Briefe kamen. In

*der Lohnbuchhaltung des VW-Werks hättest du mich ja nicht
vor dem Bus retten können."*

Mir schwirrt der Kopf. Die Frau, die ich hier rette,
nennt Albert Einstein Onkel Albert und hat sich aufgrund dreier obskurer Briefe entschlossen, ihrem Leben
eine neue Wendung zu geben. Unter der Decke nehme
ich sie fest in den Arm und darüber schlafen wir dann
tatsächlich ein. Es war ja auch ein ereignisreicher Tag

Sechs Stunden später, kurz vor dem Morgengrauen
piepst der Flux und zeigt damit seine Einsatzbereitschaft
an. Wir strecken uns und setzen uns wieder nach vorn.
Jetzt wird es spannend, denke ich, als ich das Handschuhfach wieder aufklappe. Der Startknopf leuchtet
grün. Das bedeutet, der Flux-Kompensator ist bereit.

„So, wenn ich den grünen Knopf drücke, sind wir im Handumdrehen in meiner Zeit."

*„Auf Knopfdruck in die Zukunft? Wird es weh tun? Auf was
muss ich achten?"*

„Lehn dich einfach zurück und genieß die Reise."

Ich drücke den grünen Knopf, es macht **fump** und
das war es auch schon. Ein kurzer Check mit dem Handy, ja, ich habe LTE und es ist der 06. November 2018.
Ups, der sechste November. Das heißt, MK Zwo hat
seit 28 Stunden kein Katzenfutter mehr bekommen. Er
wird nicht amüsiert sein. Das einem so etwas ausgerechnet als Zeitreisendem passieren muss.

„Was hast du da in der Hand?" fragt Lena.

Es folgt ein längeres Update für zukunftsreisende
Damen, was sich in den letzten 56 Jahren alles geändert
hat.

*„Und du willst mir erzählen, wir fahren jetzt nach Berlin und
die Ostzone gibt es nicht mehr? Ich kann zurück nach Hause?"*

*„Was meinst du mit -nach Hause-? Ich dachte, du bist eine
Waise aus Fallersleben."*

„Jetzt schon, genauer seit 1944, als meine Eltern bei einem Bombenangriff auf Berlin starben. Da war ich acht Jahre alt. Meine Tante Käthe nahm mich dann mit zu sich nach Fallersleben. Als in der SBZ alles verstaatlicht wurde, wurde auch unser Gut östlich von Berlin verstaatlicht."

„Was ist denn aus Deiner Tante geworden?"

„Sie starb vor zwei Jahren. Und bei meinem Stiefonkel wollte ich nicht bleiben."

„Und wo lag euer Gut genau? Wir können hinfahren und schauen, was daraus geworden ist. Aber erst einmal fahren wir zu mir. Und zwar schnell. MK Zwo zerlegt sonst das Haus."

„Wer ist MK Zwo?"

„Ein Kater, der fest davon überzeugt ist, dass ich ihm gehöre. Aber vielleicht ist er ja bereit, mich mit Dir zu teilen."

„Oder er lässt sich überzeugen, dass es noch besser ist, wenn ihm zwei Katzenfutterbereitsteller gehören."

Wir müssen reden

Wer hätte gedacht, wie ereignisreich der Tag tatsächlich wurde. Gestern Morgen lebte ich mit einem Kater und einem alten Käfer ein ruhiges und überschaubares Leben als so gut wie geschiedener Single. Heute Abend bin ich glücklicher Besitzer einer Zeitmaschine und habe einen schlecht gelaunten hungrigen vierbeinigen Mitbewohner. Dank meines zukünftigen Ichs habe ich Karlchens Rollout gesehen und dank Jonas habe ich Lena eingesammelt. Irgendwie fühle ich mich derzeit etwas fremdbestimmt. Wie komme ich wieder ins selbstbestimmte Handeln? Vielleicht wäre es eine gute Idee, Jonas zu besuchen.

Wir biegen in die Stichstraße ein, in der mein Haus steht. Jonas kommt uns schon entgegen. Wer ihn so auf der Straße sieht und ihn nicht kennt, neigt dazu, ihn zu unterschätzen. Jonas ist ungefähr so alt wie ich, also auf der guten Seite der 50. Ungefähr eins sechzig groß, schlank, fast dürr. Und irgendwie immer mit einem Dreitagebart gesegnet, sogar kurz nach der Rasur. In seinem üblichen Jonas-Outfit, schwarze Jeans, dunkelgraues Jeanshemd, undefinierbare Turnschuhe. Was man nicht sieht, Jonas ist ein wandelndes Multi-Kompetenzzentrum für so ziemlich alles. Und mein bester Freund. Und das schon ziemlich lange.

„Moin Mark. Habe gerade MK Zwo gefüttert, wie du es wolltest. Wen hast du denn da mitgebracht?"

„Moin Jonas. Das ist Lena. Lena, das ist Jonas."

„Ach, der, von dem ich die Briefe habe."

„Briefe?" Jonas schaut uns ratlos an.

„Ist `ne längere Geschichte, komm erst mal mit rein. Wieso bist du eigentlich hier?“

„Na, du hast mir doch gestern diese ominöse SMS geschickt, ich sollte den Kater füttern, du müsstest fix mal weg.“

„Hab‘ ich?“

„Weißt du nicht mehr, was du schreibst?“ Jonas schüttelt den Kopf und drückt mir eine dünne Mappe in die Hand.

„Hier ist übrigens mein Ergebnis der Suche nach dieser Lena. Äh, Moment, bist du das etwa?“

Jonas dreht sich zu Lena um.

„Nee, dass kannst du ja nicht sein, zu jung.“

Ich tippe Jonas auf die Schulter.

„Wie gesagt, das ist eine längere Geschichte. Kommt rein, wir bestellen uns ein paar Döner oder so und bringen uns gegenseitig auf den neuesten Stand.“

„Was ist Döner?“

„Wo hast du Lena denn aufgegabelt? Wo kommt man her, wenn man Döner nicht kennt?“ fragt Jonas.

Ich erkläre ihm die Kurzfassung der letzten 24 Stunden. Und auf Lenas Wunsch wird es Pizza statt Döner. Pizzerien gab es 1962 auch schon in Wolfsburg. Zwei Pizzen und drei Flaschen Bier später ist Jonas allerdings immer noch nicht überzeugt.

„Jetzt zeig mir mal diesen Flux-Kompensator. Und das Dilithium Powerpack. Und die Anleitung.“

„Kein Problem Jonas, komm einfach mit raus zu Karlchen.“

Wir stehen an der Beifahrerseite, Jonas sitzt auf dem Beifahrersitz. Das Handschuhfach ist offen. Das aktuelle Datum steht sowohl auf dem oberen als auch auf dem unteren Display, der Startknopf blinkt rot. Vom Powerpack geht ein blaues Glühen aus.

„*Ich dachte erst, du hättest Dir das ausgedacht, Jonas. Eigentlich habe ich es erst ernst genommen, als ich im Jahr 1962 angekommen war und bei Lena den Kaffee bestellt habe.*"

„*Tja, das heißt dann ja wohl, ich muss drei Briefe schreiben, Wie kriegen wir die in die Vergangenheit?*" fragt Jonas in die Runde.

„*Mit der Zeitmaschine, womit sonst?*" schaltet sich Lena ein.

„*Und dass dürfen wir nicht vergessen, sonst lande ich unter einem Bus.*"

Ja, was würde eigentlich passieren, wenn wir jetzt, wo Lena schon hier im Jahr 2018 ist, die Briefe an ihr vergangenes Ich nicht schreiben würden? Aber die Frage ist akademisch, Jonas macht sich gerade auf den Weg nach Hause und murmelt dabei

„*...wo kriege ich die Liste der prominenten Todesfälle in der BRD anno 62 her? ...*"

Lena und ich planen schon mal den nächsten Rücksprung nach 1962. Die Briefe kamen aus Hannover, also muss unser nächster Trip dahinführen. Die Briefe erreichten Lena Ende Februar 1962. Da waren meine Eltern gerade in den Flitterwochen. Soweit also ungefährlich für mich. Und Lena wird sich selbst auch nicht begegnen, da sie zu der Zeit ja in Wolfsburg war.

Über all diese Planungen habe ich völlig verdrängt, wie es jetzt mit Lena weiter geht. Wir müssen ihr eine aktuelle Identität besorgen. Wie macht man das im Jahr 2018? Und viel naheliegender, wie erkläre ich Lena den Nachbarn? Und wo soll sie schlafen? Ich überlasse die Nachbarschaftsaufklärung dem morgigen Tag und die Wahl des Bettes Lena.

Sie sieht mich mit einem verschmitzten Lächeln an.

„*Wo ist denn unser Schlafzimmer?*"

Unser Schlafzimmer, so, so. Irgendwie fühle ich mich immer noch fremdbestimmt. Aber das ist Okay, dass kennt man, wenn man mal verheiratet war. Oder in meinem Fall eigentlich noch ist. Wie erkläre ich Lena nur Hilde? Egal, die hat ja ihren Marketing-Fuzzi. Das hatte ich schon erwähnt, oder?

Abgesehen davon wäre ich ziemlich bescheuert, Lenas Wahl der Schlafstatt in Frage zu stellen.

„Hast du ein Nachthemd für mich?"

„Ein Nachthemd nicht, aber wie wäre es mit meinem Lieblingsschlafshirt?"

Ich reiche ihr das Shirt mit dem T1-Bulli auf der Vorder- und Rückseite.

„Männer!"

Lena sieht sehr sexy aus in diesem Bulli-Outfit. Das bringt mich gleich auf zwei Ideen. Und nur eine davon hat mit einem 62er Bulli zu tun. Und diese eine wird vertagt.

Lenas Intermezzo II

Diese 2018 hat es wirklich in sich. Computer, die in eine Handtasche passen, Fernseher, die so groß wie Fenster sind. Und was die Leute anhaben. Und diese vielen Autos. Mark hat nicht übertrieben. Ganz schön schrill und hektisch hier, aber auch total interessant. Und Mark ist in seiner tapsigen Art wirklich süß. Allerdings auch etwas anstrengend. Nach dem, was wir schon angestellt haben immer noch schüchtern. Mensch, Mark, fass Dir ein Herz und ...

Naja, wird schon noch. Den kriege ich schon noch richtig erzogen.

Und Jonas ist auch so ein schüchterner Hase. Halten sich für ganze Kerle, haben aber keine Ahnung von Frauen. Aber dieses Computerzeug, daran können sie sich stundenlang festbeißen. Und sobald ich etwas Zeit habe, muss ich mich unbedingt selbst damit befassen. Wenn Onkel Albert das noch erlebt hätte.

Wenn ich Mark richtig verstanden habe, sind wir hier gar nicht mehr weit weg von Prodrow. Ich würde wirklich gern sehen, ob es unser Familienschloss noch gibt und wie es aussieht. Und wer da jetzt wohl wohnt. Und wir müssen dringend einkaufen. Dieses Nachthemd mit den VW Transporter drauf ist wirklich hässlich.

Ein Geschäftsmodell entwickelt sich

Langsam schält sich mein Bewusstsein aus der Umklammerung eines ziemlich filmreifen Traums, in dem Marty McFly, Cliff Allister MacLaine und James Tiberius Kirk neben Katherine Hepburn, Lara Croft und Rita Hayworth Nebenrollen hatten. Die Sonne scheint mir ins Gesicht. Neben meinem linken Ohr schnurrt MK Zwo. Ich stelle fest, dass irgendwas halb auf mir liegt, dass wie eine Mischung aus der Hepburn und der Hayworth aussieht. Ach ja, Lena...

Lena, Zeitmaschine, Jonas, Karlchen, Bulli.

„Bulli!"

Habe ich das laut gesagt oder gedacht?

„Wie? Wer ist Bulli?"

Lena regt sich, schaut mich an. Junge Frauen scheinen schneller aufzuwachen als alte Knacker wie ich.

„Guten Morgen. Das war eben nur so eine Idee von mir. Erkläre ich Dir später. Hast du gut geschlafen?"

„Ich habe geträumt, du hättest mich in die Zukunft entführt und vernascht." Lena grinst mich an.

„Stimmt, zumindest teilweise. Nur habe ich geträumt, du hättest mich vernascht." gebe ich zurück.

„Wie auch immer, wenn ich jetzt nicht MK Zwo was zum Naschen gebe, werden wir es beide bereuen. Geh doch schon mal ins Bad. Was willst du zum Frühstück?"

Nach dem Frühstück sitzen wir beim zweiten Kaffee und schmieden Pläne. MK Zwo hat es sich auf Lenas Schoß bequem gemacht und lässt sich kraulen. Prio 1, wir brauchen eine Identität für Lena. Während ich noch überlege, wie wir das hinbekommen, schaut Lena mich

mit diesem Kleinmädchenblick, den Frauen scheinbar
schon von Geburt an beherrschen an.

„Mark, können wir heute mal an dem Gut meiner Eltern vorbeifahren? Ich würde so gern sehen, was daraus geworden ist."

Okay, also Prio 2, wir wollen den Gutshof besuchen,
der Lenas Eltern gehört hat. Mal sehen, wer da jetzt
wohnt oder besser, ob der Hof überhaupt noch existiert.
Prio 3, wenn der Hof noch existiert, wie können wir ihn
übernehmen?

Für Prio 1 werde ich Jonas um Rat und Hilfe fragen.
Okay, also erst einmal zu Prio 2.

„Wie heißt denn das Gut, das Deinen Eltern gehört hat?"

Lena kaut gerade an einem Bissen ihres Brötchens.

„Schbrodschro."

„Schbrodschro, nie gehört"

Lena schluckt den Bissen herunter.

„Prodrow, nicht Schbrodschro."

Hey, da haben Hilde und ich mal geheiratet, lange bevor dieser aalglatte Marketing-Fuzzi auftauchte und sie
nach Wuppertal entführt hat. Hatte ich das schon erwähnt?

*„Ich weiß, wo das ist. Das Gutshaus oder besser Schloss steht
noch, ist derzeit aber unbewohnt. Es scheint da unklare Besitzverhältnisse zu gehen."*

*„Unklare Besitzverhältnisse? Das Gut gehört mir, mitsamt
dem See und den Nebengebäuden."*

Lena sieht mich entrüstet an.

*„Ja, das glaube ich Dir. Allerdings bist du im September 1962
spurlos verschwunden, als ich dich aufgegabelt habe. Wenn du
jetzt wiederauftauchst, brauchen wir eine gute Erklärung für Deine jugendliche Erscheinung. Vor allem für die Leuten im Grundbuchamt. Es gibt nicht viele 82-Jährige, die so attraktiv aussehen,
wie Du."*

Sie grinst verschmitzt.

„Danke für das Kompliment. Stimmt, das hatte ich kurz verdrängt. An dieses Zeitreisezeug gewöhne ich mich nie! Also, was sollen wir tun?“

„Wir fahren erst einmal hin, schauen es uns an und versuchen herauszubekommen, wer derzeit Anspruch darauf erhebt oder wer es verwaltet. Danach richten wir unsere Strategie aus.“

Dreißig Minuten später rollen wir mit Karlchen aus dem Wald hinab nach Prodrow.

„Hier hat sich gar nicht viel verändert, nur dieser Häuserblock hier rechts, den gab es noch nicht, als Tante Käthe mich zu sich geholt hat.“

„Warum seid ihr eigentlich nicht geblieben?“

Ich sehe fragend zu Lena hinüber.

„Meine Eltern mussten 1941 das Gut verlassen, es wurde von meinem Opa an irgendeine Wehrmachtsabteilung verliehen. Die rückten gerade mit vielen Baggern an, als wir mit Opas Opel nach Berlin fuhren.

„Und wie kamst du dann von Berlin nach Fallersleben?“

„Meine Eltern wollten nicht, dass ich im Bombenhagel von Berlin groß werde, deshalb wurde ich zu Tante Käthe landverschickt. Mama und Papa wollten nachkommen. Sie waren fast schon auf dem Weg zum Bahnhof, als unser Haus einen Volltreffer kriegte.“

Mittlerweile sind wir am Gutshaus angekommen. Etwas heruntergekommen, Fenster vernagelt, aber es geht immer noch etwas Herrschaftliches von dem Haus aus.

„Oh, was ist denn hier passiert?“

Lena schaut sich erschrocken um.

„Mindestens 25 Jahre unklare Besitzverhältnisse sind hier passiert. Und davor wurde es wohl eher benutzt als gepflegt.“

Wir gehen nebeneinander ums Haus in Richtung See. Oben am Ende der Terrasse bleibt Lena stehen und dreht sich zu mir.

36

„*Diese Wiese habe ich als Kind geliebt. Man konnte so schön den Hang hinunter sausen und auf den See zu rennen. Meine Oma hatte immer Angst, dass ich hineinfalle. Aber ich habe immer die Kurve gekriegt.*“

Lena sieht sich um. Ihr Blick bleibt an einem lang gestreckten flachen grauen Gebäude hängen.

„*Diese Garagen gab es damals aber noch nicht.*“

„*Naja, irgendjemand wird sie in den letzten 70 Jahren hier hingesetzt haben.*“

„*Früher hatte Opa hier die Remise für die Kutschen, Autos und Traktoren. Und dahinter war Omas Kräutergarten.*“

Wir gehen auf die Garagen zu. Die Garagentore machen einen alten, aber stabilen Eindruck. Zwischen zwei Toren ist unten in den Sockel eine Zahl eingraviert.

„*1941. Das heißt wohl, die Garage ist kurz nach eurem Wegzug hier errichtet worden.*“

„*Aber warum? Opas Remise war gut in Schuss.*“

Ich probiere eine in das Tor eingebaute Tür zu öffnen. Erfolglos. Die Tür bewegt sich nicht. Aber man kann durch eine Ritze ins Innere sehen.

„*Leer. Immerhin kein Gerümpel drin.*

Lena späht durch eine andere Ritze.

„*Wäre doch eine schöne große Garage für Deinen Zeitreisekäfer.*“

„*Damit das was wird, brauchen wir ein wenig Hilfe. Ich glaube, ich weiß auch schon, von wem...*“

Lena grinst mich an.

„*Jonas?*“

Ich nicke.

„*Jonas.*“

Lenas Intermezzo III

Als ich unser Schloss wiedersah, habe ich mich ganz schön erschrocken. Irgendwie ist mir erst da wirklich klar geworden, wieviel Zeit vergangen sein muss. Das Gebäude sah alt, schäbig und heruntergekommen aus. Viel schlimmer, als ich es mir nach zwanzig Jahren vorgestellt habe. Aber wenn ich Mark glauben darf, sind es ja auch nicht 20 Jahre, seit wir hier wegmussten, sondern 77. Mehr als ein Dreivierteljahrhundert.

Mama, Papa, ich verspreche euch, ich hole mir unser Schloss zurück. Und es wird wieder so schön, wie ihr es euch eingerichtet hattet. Ich weiß zwar noch nicht wie, aber zusammen mit Mark wird mir schon etwas einfallen.

In Berlin

„Was wir jetzt brauchen, ist Liv!“

Jonas schaut uns über sein Bierglas hinweg an, als hätten wir auch allein auf die Idee kommen müssen.

„Wer ist Liv? Und was wird sie uns nützen?“ fragt Lena.

„Liv ist meine Ex-Frau. Hat mich mal für eine andere verlassen, aber wir verstehen uns noch super. Und sie arbeitet in der Staatsoper und zwar in der Maske. Wenn wir eine 82-jährige Lena brauchen und nur eine 28-jährige Lena haben, wird Liv dafür sorgen, dass das Frollein wie eine Omma aussieht, ist doch klar. Noch Fragen?“

Wieder dieser Blick übers. Bierglas. Lena hält dem Blick stand.

„Ja, eine hätte ich noch. Warum sollte Liv uns helfen?“

„Weil ich sie darum bitte. Und weil du ihr von deiner nächsten Zeitreise was Nettes mitbringen wirst. Zum Beispiel einen originalen Petticoat. Oder einen Satz originaler alter Schallplatten...“

„Versprochen!“

Lena nickt in Jonas' Richtung.

„Petticoats hängen noch bei mir zuhause im Schrank und meine Plattensammlung nehmen wir dann auch gleich mit.“

Ich sehe Lena an, die mich zuversichtlich anlächelt.

„Lena, kann es sein, dass du vergessen hast, dass du nicht mehr im Jahr 1962 lebst?“

Sie lächelt mich weiter an.

„Mark, kann es sein, dass du vergessen hast, dass wir einen Zeitreisekäfer haben? Was hindert uns, einfach eine Stunde nach unserer Abreise im Jahr 1962 wieder hinzureisen und aus meiner Wohnung ein paar Sachen mitzunehmen?“

„Tatsächlich nichts, solange es alles in einen Käfer passt.“

„Außerdem müsst ihr noch die Briefe an Lena einstecken, die ich geschrieben habe.“ Jonas reicht mir drei Umschläge.

„Das sind dann schon zwei Abstecher in die Vergangenheit. Erst nach Hannover zum Briefe einstecken, ein paar Tage später dann nach Wolfsburg.“ zähle ich auf.

Dabei erinnere ich mich wieder an meine Idee mit dem Bulli. Ach nee, dafür brauche ich ja Prodrow. Und für Prodrow brauchen wir eine 82-jährige Lena. Und dafür brauchen wir die Petticoats und die Schallplatten. Okay, eins nach dem anderen. Wie lange das Powerpack wohl reicht, frage ich mich gerade, als mein Handy summt.

Das Powerpack ist für circa 1000 Zeitreisen gut, mach Dir darum keinen Kopf steht in der SMS. Die habe ich mir scheinbar selbst geschickt. Man, bin ich ein ausgefuchster Fuchs. Wieso merke ich jetzt so wenig davon?

Hannover 1962

fump

Wir stehen auf einem Feldweg bei Empelde, etwas südwestlich von Hannover. Ich war mir ziemlich sicher, dass wir hier ungestört ankommen können. In ein paar Jahren werde ich hier mit meinem Kinderkumpel entlangradeln. Noch ein paar Jahre später werde ich hier das erste Mal Auto fahren, den Käfer meiner Mutter. Auch der war rot, rollt aber von jetzt an gerechnet erst in drei Jahren vom Band. Vielleicht rette ich den ja auch noch vor der Verschrottung. Kommt auf meine Liste für spätere Pläne.

Jetzt ist es hier schön ruhig, es ist früh am Morgen. Alle Väter sind schon auf dem Weg zur Arbeit, alle Mütter machen ihre Kinder fertig für den Schulweg oder für den Kindergarten, bevor sie selbst ins Büro gehen. Es geht hier deutlich ruhiger zu als ich gedacht hätte. Im 21. Jahrhundert kann man sich kaum noch vorstellen, wie ruhig es in den 60ern in einem Dorf wie diesem zu ging. Man könnte tatsächlich auf der Straße Fußball spielen.

Wir machen uns auf die Suche nach einem Briefkasten. Und es muss einer in Hannover sein, denn von dort sind die Poststempel.

„Limmer. Wir fahren nach Limmer.“

Ich schaue zuversichtlich zu Lena.

„Wieso Limmer?“ fragt sie.

„In Limmer kenne ich mich aus. Da habe ich mal gewohnt. Oder werde da gewohnt haben. Und ich glaube ich weiß, wo da ein Briefkasten ist. Und vielleicht kann ich einen Blick auf meine Oma werfen, die wohnte da fast ihr ganzes Leben lang.“

Also fahren wir nach Limmer. Ich überlege kurz, ob ich es wirklich wagen soll, durch die Straße zu fahren, in der Oma wohnt. Die Versuchung ist zu groß, ich werde es tun. Wird schon schiefgehen. Plötzlich summt mein Handy dreimal. Mein Handy summt? Woher hat es 1962 Empfang?

Fahr ruhig nach Limmer, wird schon klappen steht in der ersten SMS.

Der Flux-Kompensator dient als Relaisstation steht in der zweiten SMS.

Aber stell das Handy wenigstens auf stumm steht in der dritten SMS.

Mann, bin ich ein Fuchs. Wenigstens irgendwann in der Zukunft.

Wir rollen langsam durch Omas Wohnstraße. Links eine Schule, rechts eine Fabrik, dann die Mietshäuser aus den 30er Jahren. Anno 1962 könnte man als Kind auch hier fast auf der Straße spielen, wenn nicht gelegentlich die großen Faun-Zugmaschinen mit den Güterwagen auf dem Schwerlastanhänger vom Lindener Hafen vorbeikommen würden. Genau hinter so einem rollen wir gerade her.

Und fast an meiner Oma vorbei. Bis der Faun an der Kreuzung bremst und wir direkt neben Oma zum Halten kommen. Lena beugt sich zum Fahrerfenster.

„Entschuldigung, können Sie uns sagen, wo wir einen Briefkasten finden?" fragt sie meine Oma. MEINE OMA!

Oma beugt sich zu uns herunter.

„Biegen Sie da unten rechts ab und folgen sie der Straße bis zum Konsum neben der Sparkasse. Da finden Sie einen Briefkasten."

„Vielen Dank! Und noch einen schönen Tag!" ruft Lena durchs Fenster. Ich bin völlig verdattert. Meine Oma hat mit uns geredet. Klar, warum sollte sie nicht. Und

sie war so nah, dass ich sogar das 4711 riechen konnte, dass sie immer trug, zumindest bis Tosca erfunden wurde und sie dazu wechselte.

„Das war ja eine nette Frau.“

„Das war meine Oma. Oder besser, das wird im Dezember meine Oma, noch ist sie es ja nicht.“

„Oh, das wusste ich nicht. Entschuldige!“

Drei Briefeinwürfe später machen wir uns wieder auf nach Empelde. Der Feldweg wartet auf uns. Und ein weiterer Sprung in die Zukunft. Oder besser, in die Gegenwart. Ach egal, jedenfalls zurück in die Zeit, aus der wir kamen. Oder jedenfalls einer von uns. Schon verwirrend, das mit der Zeitreise.

Nö steht auf dem Handy, dass jetzt nur noch summt, seit ich meinem Tipp gefolgt bin und es stumm geschaltet habe.

Und noch eine zweite SMS: **Wenns den Karl nicht stört, dass er 2x =zeitig existiert, stör dich auch nicht dran. Zeit ist schwerer durcheinander zu bringen, als alle denken.**

Und noch eine dritte SMS: **Ihr könnt gleich nach Wolfsburg durchstarten, den Zeitpunkt kennst du ja.**

Stimmt, also fahren wir nicht nach Empelde, sondern nach Wolfsburg. Benzin genug haben wir.

Vom Konsum in Limmer biegen wir auf den Schnellweg zur A2, vorbei am VW Werk Stöcken.

„Das mit dem Bulli kriege ich auch noch hin!“ murmele ich. Lena schaut mich an.

„Was hast du immer mit Bulli, wer ist das?“

„Nicht wer, sondern was wäre die richtige Frage. Als Bulli kennen wir den VW Lieferwagen. So einen wie den, der auf dem Shirt ist, dass ich Dir als Nachthemd gegeben habe. Die werden genau in der Fabrik, an der wir eben vorbei gefahren sind, gebaut.

So einen wollte ich immer schon haben. Und er steht auch schon auf meinem Beschaffungsplan.“

Ich grinse Lena an.

„Männer und Autos!“

Lena schüttelt den Kopf.

Die Fahrt nach Wolfsburg in einem oben offenen Käfer anno 1962 an einem sonnigen Augusttag ist entspannt. Viele andere Autos sieht man nicht, und wenn, dann sind es meistens Käfer. Meine gedankliche Einkaufsliste wird länger.

Plötzlich überholt uns ein Porsche 356.

„In so einen wollte ich immer mal mitfahren.“ ruft Lena.

„Okay, kommt auf die Liste.“

„Auf welche Liste? fragt Lena.

Tja, jetzt wird es Zeit, meine Idee zu erklären.

„Auf die Liste, auf der auch schon der Bulli steht. Mein Plan ist, in der Vergangenheit Autos zu kaufen, sie irgendwo zu lagern, um sie in unserer Gegenwart wieder abzuholen. Wir behalten, was wir mögen und ein paar verkaufen wir. Wie klingt der Plan?“

Lena überlegt.

„Naja, noch nicht ganz ausgereift, aber wenn wir mit dem Porsche anfangen, bin ich dabei.“

„Da werden wir erst ein bisschen recherchieren müssen, diese 356er sind im Jahr 2018 sehr gesucht, sehr teuer und werden daher sehr genau geprüft. Wir müssen einen nehmen, der irgendwie als verschollen gilt. Den können wir dann als Garagenfund zufällig in Prodrow wiederfinden.“

„Und wie kriegen wir den nach Prodrow?“

„Das ist genau der Teil des Plans, den ich noch nicht ausgearbeitet habe.“

„Wir können doch den Flux-Kompensator aus dem Käfer ausbauen, in den Porsche einbauen und ihn dann im Jahr 2018 nach Prodrow bringen, oder?“

44

Ich schüttele den Kopf.

"Und was machen wir dann mit Karlchen?"

Lenas Augen blitzen, man kann förmlich sehen, wie eine Idee geboren wird.

„Wenn wir Karlchen mit eingebautem Flux irgendwie mit dem Porsche verbinden, müsste der Flux doch beide Autos schaffen, was meinst Du?

In dem Moment summt mal wieder mein Handy.

Lena hat recht, wenn du eine leitfähige Verbindung zwischen den beiden Autos herstellst, schafft der Flux auch zwei Autos. Dann ist allerdings für 49 Stunden kein weiterer Zeitsprung möglich.

Irgendwo in der Zukunft sitzt ein älterer Mark, der scheinbar genau weiß, wann er simsen muss.

„Okay, also machen wir sozusagen eine Zukunftsstarthilfe. Sag mal Lena, hast du eigentlich einen Führerschein?"

Lena grinst.

„Na klar!"

"Dann bleibt eigentlich nur die Frage, wovon bezahlen wir die Autos?"

Planänderung

Wir sind schon fast auf der Autobahn, da dämmert mir, was an unserem Plan, Lenas Wohnung leer zu räumen, nicht funktionieren kann.

„Sag mal, wir können doch nicht einfach im August in Deine Wohnung gehen und Sachen mitnehmen, die du bis September nicht vermisst hast!"

Lena runzelt kurz die Stirn und denkt über meinen Einwand nach. Dann hellt sich ihr Gesicht wieder auf.

„Doch, können wir, denn eigentlich alles, was wir mitnehmen wollen, habe ich noch bei meiner Tante eingelagert. Wir fahren in Fallersleben vorbei, holen die Sachen aus dem Schuppen und Schwupps, sind wir wieder in Berlin"

Ich bin noch nicht überzeugt.

„Und was wird Dein Stiefonkel sagen?"

„Nichts, der arbeitet im VW-Werk und wird gar nicht merken, dass wir da waren."

Eine Stunde später ist Karlchen vollgepackt und wir sind auf dem Weg zu unserem Lieblingswaldweg.

„Und, noch ein Abstecher an unseren Badesee?" fragt Lena mit Unschuldsmiene.

„Nee, lieber nicht, da wurde ich das letzte Mal erst überrascht und dann vernascht."

Meine Beifahrerin grinst und legt dann die Stirn in Falten.

„Warum müssen wir eigentlich nicht wieder nach Empelde? Müssen wir nicht am gleichen Ort zurück, an dem wir angekommen sind?"

Während ich noch darüber nachdenke, welche Implikationen es haben könnte, in einer Zeit zweimal an verschiedenen Orten zu existieren, summt mal wieder mein Handy.

Mach Dir keinen Kopf, das spielt keine Rolle schreibt mein älteres Ego.

„Geht schon in Ordnung" beruhige ich Lena.

„Wir sollten nur vermeiden, uns noch etwas zu Essen in der Wolfsburger Bahnhofsgaststätte zu besorgen."

Wir schwimmen im lockeren Feierabendverkehr aus Wolfsburg heraus Richtung Osten.

An unserem üblichen Plätzchen auf dem einsamen Feldweg angekommen, müssen wir wieder etwas Zeit totschlagen, bis der Flux-Kompensator aufgeladen ist. Wir legen uns neben dem Weg in Gras und schauen den Wolken zu. Wie friedlich es anno 62 am Himmel ist. Keine Kondensstreifen weit und breit.

„Ich geh' mal kurz ins Gebüsch." sage ich zu Lena, setze mich auf und verschwinde zwischen den Bäumen im Unterholz, um mich zu erleichtern.

Nach gut fünf Metern im Wald sehe ich etwas zwischen den Bäumen durchschimmern. Die Silhouette eines Autos? Erst dem Ruf der Natur folgen, Mark, sage ich mir.

Direkt danach arbeite ich mich weiter durchs Unterholz und stehe plötzlich vor einem überwucherten Autowrack. Und nicht irgendein Autowrack, die Proportionen sprechen für einen Kübelwagen.

„Lena, komm mal her, ich habe etwas gefunden!"

Ein paar leise Flüche und ziemlich viel Geraschel später steht sie neben mir.

„Großartig und für ein Autowrack ruiniere ich mir mein schönes Kleid?"

„Das ist nicht irgendein Autowrack, dass scheint ein Kübelwagen zu sein."

Ich zücke mein Schweizer Taschenmesser und arbeite mich durch die Brombeerranken.

„Nee, noch besser, das ist ein echter Schwimmwagen, der muss hier mindestens seit Kriegsende stehen!"

„Und was willst du mit dem Wrack eines Schwimmwagens, der schon seit knapp 20 Jahren hier steht?" fragt Lena, leicht ungläubig.

„Die Dinger sind damals schon selten gewesen, sind heute, also jetzt, noch seltener und im Jahr 2018 wirklich sehr rar. Den nehmen wir mit."

Ich zerre an den Ranken, arbeite mich durch weitere gefühlte Kubikmeter Brombeergesträuch und nach einer Stunde habe ich, dem Taschenmesser sei Dank, den Zufallsfund von der umgebenden Botanik befreit.

„Ob er wenigstens rollt?" frage ich, in erster Linie mich, denn Lena ist zum Käfer zurückgegangen.

Plötzlich höre ich, wie der Motor angelassen wird und sich Karlchen langsam rückwärts vorsichtig soweit es geht dem Fundort des Schwimmwagens nähert.

Kurz darauf kommt Lena mit dem einen Ende des Abschleppseils auf mich zu.

„Ich dachte, es könnte hilfreich sein, ihn erst einmal auf den Weg zu bugsieren."

Stimmt, keiner von uns weiß, wie es hier im Jahr 2018 aussieht, also müssen wir unseren temporalen Abschleppversuch wohl oder übel vom Feldweg starten.

Zuerst versuche ich vorsichtig, den Oldie anzuschieben. Vorwärts geht nicht, rückwärts seltsamerweise schon. Okay, Bewegung ist da, Räder sind platt, drehen sich aber. Ein paar Zentimeter zurück, dann wieder vor. Oh, vielleicht ist ein Gang drin?

Bingo!

Also Gang raus, nächster Versuch, diesmal mit vorsichtiger Kraftunterstützung von Karlchen. Wackere 40

PS gegen 20 Jahre Unterholz. Zuerst nur millimeterweise, dann etwas zügiger geht es tatsächlich langsam aus dem Wald.

Kaum auf dem Feldweg angekommen, zeigt die Ladeanzeige vom Flux, dass es jetzt weiter gehen kann. Aber wie mit zwei Autos? Hinten im Schwimmwagen liegt eine Rolle Klingeldraht, vielleicht reicht das ja. Probieren geht über Studieren. Wir bugsieren beide Autos nah aneinander, Stoßstange an Stoßstange. Dann benutze ich den Klingeldraht, um aus beiden Gefährten sozusagen eine Zeitmaschine auf Zeit zu bauen.

Gespannt sitzen wir in Karlchen auf unseren Plätzen. Ich stelle unsere Ankunftszeit auf 2018 und drücke den Knopf.

Aus eins mach zwei

Wir sehen beide sofort nach hinten, kaum dass das Fump des Zeitsprungs verklungen ist. Und da steht er, unser neuer alter Waldfund.

„Es hat funktioniert!" rufe ich erstaunt.

„Und wie kriegen wir den jetzt nach Hause?" fragt Lena.

„Wir besorgen einen Autotransporter in Wolfsburg und fahr…" weiter komme ich nicht, denn in diesem Moment kommt mein SUV mit Autoanhänger auf dem Feldweg auf uns zu, mit Jonas am Steuer.

„Moin, kleine Abschlepp-Action gefällig?" begrüßt uns Jonas grinsend.

„Woher weißt Du…?" frage ich überrascht.

„Kleine Spielerei von mir, Rückfahrkamera im Rückfahrscheinwerfer mit dem Flux gekoppelt und über die „intertemporalCam" App zu mir aufs Handy gestreamt."

„Du überwachst, wer hinter uns ist?"

„Und auch, wer vor euch ist, die zweite Kamera sitzt hinter dem Hupgitterchen"

„Und als ich sah, was ihr da abschleppt, dachte ich mir, dass würdet ihr bestimmt gern mitnehmen."

„Ab wann hast du denn zugesehen? frage ich, während ich im Stillen dankbar dafür bin, dass die Kameras noch nicht eingebaut waren, als wir am Badesee waren.

„Ich habe den Schnellvorlauf gewählt. Der Stream kommt kontinuierlich, aber da er ja schon seit 1962 unterwegs ist, kann man vorspulen. Also blieb genug Zeit, Deine Autoschlüssel zu suchen, einen Anhänger zu mieten und hier her zu fahren."

Mit vereinten Kräften wenden wir erst das Gespann, dann schieben wir den Schwimmwagen rückwärts auf den Anhänger. Rückwärts läuft er immer noch besser als vorwärts.

„Na, da haben wir ja Glück gehabt, dass das Schätzchen nicht verrostet ist." entfährt es Jonas, nachdem wir den Oldie auf dem Trailer haben.

„Naja, so viel Glück gehört nicht dazu, die Dinger haben eine Alu-Karosserie. Und die restlichen Teile stammen weitestgehend vom Käfer, wir sollten ihn also wieder hinkriegen."

Vier Stunden später sind wir wieder zuhause, der Waldfund steht in der Garage, Karlchen davor und Jonas bringt den Anhänger zurück zum Verleiher.

Lena schaut mich fragend an.

„So, jetzt hast du also mich und ein altes Autowrack aus der Vergangenheit gerettet, wie geht es weiter? Was soll das bringen?"

„Am wichtigsten sind die Dinge, die wir bei Deiner Tante abgeholt haben, denn damit beschaffen wir dir eine passende Identität im Jahr 2018. Und das mit dem Autowrack passt zu meiner Idee, in der Vergangenheit Autos einzusammeln, die keiner haben will und sie einfach in die Zukunft befördern, um sie dann dort zu verkaufen?"

„Und was ist mit dem Porsche? Der wird dann aber nicht verkauft!" entrüstet schaut Lena mich an.

„Der erste nicht, der zweite vielleicht schon. Zuerst müssen wir mal einen finden, der zwischen seinem Verschwinden in der Vergangenheit und heute nirgendwo vermisst wird."

Aus jung mach alt, aus alt mach jung

Wir sind wieder in Berlin, diesmal in der Garderobe der Staatsoper. Und wir sind gerüstet für Liv. Wenn man Liv und Jonas zusammen sieht, scheinen sie rein optisch nicht so gut zueinander zu passen. Liv ist blond, zwanzig Zentimeter größer als Jonas, schlank und für ihre 50 Lenze immer noch sehr knackig. Nach zwanzig gemeinsamen Jahren haben beide beschlossen, Freunde zu bleiben, aber getrennte Wege zu gehen. Und das ist auch gut so.

Wir tauschen originale, fast neue Petticoats aus den 60er Jahren gegen eine gefälschte 82-jährige Lena. Der Plan sieht dann vor, mit der rüstigen Lena die durchaus rechtmäßigen Besitzrechte an Prodrows Schloss zu erlangen, Oma Lena zu beerdigen und ihrer Enkelin alles zu vermachen.

„Wie erklären wir denn die lange Abwesenheit von Oma Lena?“ frage ich in die Runde, die aus Lena, Jonas, Liv und mir besteht.

Jonas grinst.

„Gar nicht, denn das geht niemanden etwas an. Wir brauchen ja nur auf der Basis von Lenas echtem aber längst abgelaufenen alten Personalausweis einen neuen gültigen machen lassen. Dank originaler Geburtsurkunde und Online-Antragstellung kein Problem. Wir machen jetzt ein hübsches Passbild von Oma Lena, schicken es zusammen mit dem Antrag digital ins Bürgeramt und kriegen im Handumdrehen echte Papiere. Und es ist ja kein Betrug, Lena ist Lena, nur dass sie sich wirklich sehr gut hält für ihr Alter.“

Liv lotst Lena zu einem der Schminkplätze in der Theatergarderobe. Vor unseren Augen verwandelt sie

Lenas Gesicht in ihre ältere, viel ältere Version. Es mutet beinahe magisch an, was Liv da mit Schminke und Mastix zaubert. Man kann förmlich zusehen, wie Lena altert. Und als Liv sich dann zurücklehnt und *"Fertig!"* sagt, sitzt wirklich eine ältere Dame vor uns, die der Lena, die wir kennen ähnlichsieht. Eben fast wie ihre Großmutter.

„Liv, ich wusste, dass du großartig bist, aber das hier ist unglaublich. du bist eine Meisterin Deines Faches."

„Mark, hör auf, mir zu schmeicheln, hilf lieber der alten Dame aus dem Schminksessel."

„Ich sehe zwar alt aus, bin aber noch sehr rüstig." wirft Lena ein.

„Ja, aber an Deiner Stimme musst du noch etwas arbeiten. Etwas mehr Vibrato und etwas weniger kraftvoll. Denk dran, du bist 82 Jahre alt. Und denk auch dran, nicht wie eine 20-jährige herumzulaufen, sondern vorsichtig zu gehen. In Deinem Alter kann jedes Stolpern zu langwierigen Knochenbrüchen führen."

Liv gibt Lena noch eine ganze Stunde lang Tipps und übt mit ihr, wie sich eine ältere Dame von 82 bewegt und spricht. Es wird von Minute zu Minute besser. Ich bin mittlerweile überzeugt, dass wir Oma Lena präsentieren können.

„Lena, du bist soweit. Lass uns am besten gleich zum Amt fahren."

Gesagt, getan. Das Online-Dating mit dem Bürgeramt funktioniert tadellos. Zwei Tage später können wir den neuen Personalausweis im Bürgeramt von Redershagen abholen. Ich öffne Oma Lena galant die Autotür und helfe der alten, jungen Dame beim Aussteigen, ganz treusorgender Enkel.

Fünf Minuten später helfe ich ihr beim erneuten Einsteigen und wir fahren zum Anwalt. Der bekommt dann von der ordnungsgemäß ausgewiesenen Oma Lena den

Auftrag, die Besitzansprüche für das Schloss in Prodrow anzumelden und durchzusetzen. Endlich kann man die deutsche Vorliebe für Ämter mal zum seinem Vorteil nutzen, denke ich bei mir.

Die nächste Aufgabe ist jetzt, eine legale Identität für die junge Lena zu bekommen. Dazu bedienen wir uns wieder Jonas' trickreichem Netzwerk. Ein kleiner Zahlendreher in einer Datenbank an der richtigen Stelle und wir haben eine neue Geburtsurkunde. Gleicher Name, gleicher Geburtsort, neues Geburtsdatum.

„Das ist ja ein Zufall, sie sind schon die zweite innerhalb einer Woche, für die wir einen Personalausweis auf dem Namen Lena von Prodrow erstellen!" freut sich die freundliche Sachbearbeiterin auf dem Bürgeramt.

„Ja, meine Oma hat mich erst auf die Idee gebracht, dass ich endlich einen Ersatz für meinen verlorenen Personalausweis brauche." bestätigt Lena freundlich.

„Ach, die nette alte Dame ist ihre Oma? Dann grüßen Sie sie bitte ganz herzlich von mir."

Na, das war ja doch gar nicht schwer, Digitalisierung sei Dank. Wir haben eine legale Lena, sie hat ein legales Grundstück und wir können endlich die Sammlung aufbauen.

Jetzt könnten wir nur noch etwas Geld gebrauchen.

Geldbeschaffung

Wir sitzen wieder zu dritt zusammen, Jonas, Lena und ich.

„Wie kommen wir an genug Geld, um unsere Projekte zu finanzieren?" fragt Jonas in die Runde.

Diesmal habe ich eine Idee.

„Wir heben das versunkene Gold aus dem Toplitzsee!"

Ich sehe fragende Gesichter um mich herum und erkläre meinen Plan näher.

„Kurz vor Kriegsende versenkten die Nazis Kisten mit Gold und Falschgeld im Toplitzsee. Wenn wir ein paar Kameras mit Blick auf das Ufer anbringen und einen Monat laufen lassen, brauchen wir sie nur einzusammeln, in der Gegenwart auszuwerten und zum geeigneten Zeitpunkt zurückkehren. Dann spannen wir unter Wasser ein großes stabiles Netz, fangen die Kisten ab, warten ein paar Tage und holen uns, was wir brauchen."

„Genial!"

„Aberwitzig!" ruft Lena.

„Und unnötig, denn ich weiß, wo meine Eltern damals unseren Familienschatz auf dem Grundstück in Prodrow vergraben haben. Die Stelle schien zumindest bei unserer letzten Stippvisite noch unberührt."

„Okay, dann sehen wir erstmal dort nach und wenn da nichts mehr sein sollte, nehmen wir meinen Plan."

Kurz darauf sitzen wir zu dritt im Auto, Hacke und Spaten im Kofferraum.

Lena steht auf der Seeterrasse ihres Schlosses und deutet über die verwilderte Wiese in Richtung Seeufer.

„Da rechts am Waldrand steht ein kleiner Gedenkstein für das Regiment meines Großvaters. Wenn wir Glück haben, haben sich

Ich nehme den Spaten aus dem Kofferraum, Jonas
schnappt sich die Hacke. Wir trotten hinter Lena her,
hinab zum Seeufer. Jetzt noch etwas Leiter nach rechts
in den Wald und wir sehen im Unterholz des Waldrands
den ziemlich zugewachsenen Gedenkstein. Er ist reichlich verwittert, aber nach über hundert Jahren im Freien
darf man das als Gedenkstein wohl sein.

Lena legt mit einer Gartenschere den Raum hinter
dem Stein frei und malt sogar noch ein Kreuz in den
Waldboden. Mir fällt ein Filmzitat ein, dass noch nie ein
Kreuz den Platz eines Schatzes markiert hat. Das hier
wäre dann das erste.

Jonas und ich bringen mit Schwung und Elan unser
Werkzeug zum Einsatz. Jetzt, wo der Platz vom Be-
wuchs befreit ist, kann es endlich los gehen mit der wil-
den Schatzsuche.

Jonas und ich haben einen guten Rhythmus, wir hacken und graben abwechselnd. Es fällt kein Wort, die
Spannung wächst, zumindest bei uns beiden. Lena steht
einfach zuversichtlich schauend daneben. Nach kurzer
Zeit macht es metallisch **plonk**.

Wir knien uns hin und graben jetzt zu dritt mit bloßen
Händen. Zum Vorschein kommt eine Kiste, wohl eine
Art Munitionskiste aus Blech, ziemlich rostig, äußerlich
aber scheinbar intakt, bis auf eine Schramme, die der
Spaten auf ihrer Oberseite hinterlassen hat. Lena beugt
sich über unser Fundstück.

Wir buddeln die Kiste komplett aus, schaufeln das
Loch wieder zu und bedecken es mit etwas Laub. Dann

56

tragen wir unseren Fund gemeinsam zum Auto. Auf dem Rückweg phantasieren Jonas und ich, was wir wohl in der Kiste finden. Lena sitzt stumm neben uns, bis es ihr zu viel wird.

„Jungs, ich war dabei, als meine Eltern die Kiste vergraben haben, ich weiß genau, was da drin ist. Und es ist genau das drin, was ich euch schon aufgezählt habe, alte Goldmünzen, das Familiensilber, ein Fotoalbum und Dokumente über den Besitz des Schlosses und ein paar weiterer Ländereien."

Wieder zuhause angekommen, schleppen wir die Kiste auf die Terrasse. Ich hole aus der Garage einen Bolzenschneider, dem das 80 Jahre alte Vorhängeschloss der Kiste nicht lange gewachsen ist.

Zum Vorschein kommt wirklich genau das, was Lena uns aufgezählt hat. Während Jonas und ich die Fundstücke aus der Kiste heben, nimmt Lena seufzend zuerst das Fotoalbum in die Hand. Darin befinden sich Bilder ihrer Familie, ihrer Eltern, ihrer Großeltern. Fast schienen sie für immer verloren, aber hier liegen sie.

Man sieht Lena an, dass es sie sehr bewegt, diese Bilder wieder zu haben. Wahrscheinlich mehr als den ganzen Rest des Kisteninhalts, hat sie dieses Fotoalbum herbeigesehnt. Es ist immerhin ihre letzte Verbindung zu allen Menschen, die sie verloren hat.

Nach einem Moment des Innehaltens, damit sie sich etwas sammeln kann, widmen wir uns dem weiteren Kisteninhalt. Neben Goldmünzen sind auch einige kleine Goldbarren dabei, laut Lena vorausschauend vor 1918 beschafft und damit ein Rettungsanker für das Familienvermögen während der Hyperinflation der Nachkriegszeit. Wohlgemerkt, der nach 1918.

Nachdem wir den Stapel Münzen und kleiner Goldbarren auf dem Esstisch sehen, wird uns auch klar, warum die Kiste so schwer war. Lenas Opa hat wirklich ganze Arbeit geleistet mit seiner Sammlung. Das wird unseren Plan, Schloss Prodrow wiederaufzubauen und eine nette Autosammlung anzulegen, wesentlich einfacher machen.

Jungs! Wenn die Schätze suchen können, werden sie wieder zu kleinen Kindern. Trotzdem, ich bin froh, dass ich die Beiden habe. Sonst hätte ich das Fotoalbum nie wiederbekommen. Da sind nicht nur Mama und Papa drin, sondern auch Oma und Opa, Tante Käthe und alles, was ich aus meiner Kindheit hier in Prodrow kannte. Ich weiß noch, wie ich mit Opas Leica durch die Räume geflitzt bin und geknipst habe. Jetzt können wir versuchen, alles so wiederherzurichten, wie es mal war. Und wir haben sogar die Mittel, es zu tun.

Das Schloss

Am nächsten Morgen klingelt mein Handy, während ich unter der Dusche stehe. Nanu, wer will denn so früh was von mir bzw. uns? Außerhalb des Bürgeramtes wissen nur Jonas und Liv, dass Lena jetzt hier wohnt.

Es ist der Anwalt, der Lena sprechen will. Stimmt, der fehlte in meiner Liste der Mitwisser. Vielleicht ist es an der Zeit, Lena mit den Segnungen des 21. Jahrhunderts bekannt zu machen und ein Mobiltelefon für sie zu beschaffen. Ob man Prepaid-Handys auch mit kleinen Goldbarren kaufen kann?

Lena beendet ihr Gespräch, reicht mir mein Handy und strahlt mich an.

„Das Schloss gehört wieder mir! Der Anwalt hat die Schlüssel, wir können heute Vormittag noch vorbeifahren und sie abholen. Dann kann ich endlich wieder nach Hause.“

Und ich dachte, sie würde sich hier vielleicht schon ein bisschen wie zuhause fühlen. Sie scheint meine Gedanken zu erraten.

„Natürlich fühle ich mich bei Dir wohl, aber es ist eben bei Dir. Das Schloss ist das, was ich als Kind als zuhause gekannt habe. Und ich bin 20 Jahre nicht mehr da gewesen.“

„Plus die gut fünfzig Jahre, die du mit mir übersprungen hast.“ schlaumeiere ich dazu. Es ist ja nicht so, dass ich sie nicht verstehen würde. Aber es gefiel mir schon, dass sie von mir abhängig war. Jetzt hat sie ein Schloss und einen Haufen Gold und so wie sie aussieht, habe ich sie bald nicht mehr. Plötzlich summt es in meiner Hosentasche. Na klar, mein Handy.

Schwachkopf! Hör auf, Dir darüber den Kopf zu zerbrechen!

Langsam geht mir mein älteres Ich mit dem Faible für SMS zur rechten Zeit gehörig auf den Keks. Wen ich den treffe, dann...

Mist, den kann ich nicht treffen, das bin ich dann ja selbst. Oder könnte ich in die Zukunft reisen und mich selbst vermöbeln?

Ich weiß genau, was Dir gerade durch den Kopf geht, das ging mir schließlich durch den Kopf, als ich die SMS las. Lass es sein, führt zu nix. Kopf hoch und Pragmatismus einschalten. Am Ende wird alles gut. Und solange es noch nicht gut ist, ist es noch nicht das Ende.

Ja, das kann nur von mir kommen, dieser pseudophilosophische Scheiß.

Lena schaut mich fragend an. Ich probiere es mit der ungeschminkten Wahrheit.

„Ich will dich nicht verlieren, jetzt, wo du Schlossherrin und steinreich bist!"

„Du Dummkopf, du bist doch mein Retter! Dich werde ich doch nicht so einfach laufen lassen. Oh du mein Ritter in schimmernd rostig-roter Käfer-Rüstung"

Lena schaut mich gespielt schmachtend an und grinst bis über beide Ohren.

„Kommt, edler Ritter Mark und führt mich zu meinem verloren geglaubten Schloss."

„Wie ihr wünscht, werte Freifrau Lena."

Irgendwann muss ich ihr mal die Brautprinzessin zum Lesen geben, denke ich mir, als ich ihr die Tür des SUVs aufhalte.

„Hast du genug Werkzeug im Auto, damit wir die Garage in Prodrow öffnen können?"

„Wird gleich erledigt, eure Durchlauchtigkeit!"

Ich hole genug Werkzeug aus meiner Garage, um damit zur Not eine kleine Festung zu erstürmen. Akkuschrauber, Bohrhammer, Meißel, Hammer, Eisensäge, Bolzenschneider, alles wandert in den Kofferraum.

„Eure Hoheit, ich bin gerüstet:"

„Na dann fahr er los, worauf wartet er?"

In Gedanken setze ich noch irgendein Landaulett auf DIE LISTE, vielleicht einen Mercedes 600 Pullman. Das muss Jonas für mich recherchieren. Dann könnte ich Lena zukünftig standesgemäß chauffieren.

Der Zwischenstopp beim Anwalt ist erfreulich kurz. Ich wundere mich immer noch, dass es mit der Rückübereignung so schnell ging. Der Anwalt war selbst erstaunt, wie er erzählt hat. Die Gemeinde war wohl hoch erfreut, dass eine von Prodrow wieder ins Schloss einziehen wollte und hat alles sehr zügig abgewickelt. Und jetzt macht es sich bezahlt, dass wir den neuen Ausweis für Lena besorgt haben.

Lena Freifrau von Prodrow ist wieder offizielle Besitzerin des Schlosses Prodrow und aller dazugehörigen Ländereien, einschließlich des Sees, des umgebenden Waldes und ein paar Feldern. Sogar ein alter Feldflugplatz gehört dazu, wie aus dem Katasterauszug hervorgeht. In meinem Hinterkopf meldet sich etwas, aber die Idee ist so schnell wieder weg, wie sie aufblitze. Naja, später vielleicht.

Zwanzig Minuten später halten wir vor dem Schloss. Lena steigt aus und sortiert das Schlüsselbund, das sie vom Anwalt ausgehändigt bekommen hat. Einige Schlüssel sind fein säuberlich in Sütterlin beschriftet, andere krakelig und einige sogar kyrillisch. Schon dieses Schlüsselbund spiegelt die wechselvolle Geschichte des Schlosses wider.

„Das ist die Schrift meiner Oma, zumindest auf den älteren Schlüsselanhängern. Schau, hier ist der für das Haupttor, hier der zum Haupteingang, da der zum Keller und hier der zur Remise."

62

„*Schau mal, ob bei der Krakelschrift einer dabei ist, der zur Garage passt, ich glaube nicht, dass die Wehrmacht das Remisen Schloss benutzt hat.*"

„*Erst gehen wir mal ins Haus, ich halte es kaum noch aus.*"

Ich halte sie kurz an der Schulter fest und drehe sie zu mir um.

„*Sei aber darauf gefasst, dass es innen nicht besser aussehen muss als von außen. Es stand lange leer und Deine Familie war seit über siebzig Jahren nicht mehr hier.*"

Sie steckt den Haustürschlüssel ins Schloss, dass sich leichtgängig bewegt. Ungewöhnlich, nach zwanzig Jahren. Kaum sind wir drin, fällt uns auf, dass es wesentlich weniger staubig aussieht, als es sein müsste. Und es scheint nach frischer Farbe zu riechen. Wir gehen durch das Foyer und sehen uns um.

„*Willkommen in Deinem Schloss, liebe Lena.*" ertönt Jonas' Stimme hinter uns.

Lena und ich drehen uns ruckartig um. Lena sieht Jonas an und fragt überrascht

„*Wo kommst du denn her? Wie bist du reingekommen und was ist hier passiert?*"

Hinter Jonas kommt Liv in Sicht.

„*Wir dachten, es wäre doch ganz schön, wenn das Schloss etwas wohnlich ist, wenn du ankommst.*" erklärt sie.

Und Jonas setzt noch dazu, dass seinen Lock Picking-Übungen 100 Jahre alte Türschlösser nicht gewachsen sind.

„*Natürlich haben wir nicht das ganze Schloss renovieren können. Aber eins der Zimmer, eins der Badezimmer und ein Teil der Küche sind schon wieder ganz wohnlich. Nicht perfekt, aber wohnlich*" erklärt Liv.

Lena umarmt beide gleichzeitig. Ich stehe staunend daneben.

„*Wann habt ihr angefangen?*" frage ich Jonas.

„Gestern Morgen, wir hatten aber auch Hilfe. Die freiwillige Feuerwehr Prodrow war ziemlich hilfsbereit und sehr rührig. Die freuen sich hier wirklich, dass endlich wieder Leben ins alte Gemäuer kommt. Und die von Prodrows waren hier sehr beliebt, auch wenn davon nur noch eine Handvoll Prodrower der älteren Generation berichten können."

Lena löst sich von den beiden, die sie bis jetzt immer noch umarmt hat. Wir machen gemeinsam mit Jonas und Liv einen Rundgang. Alle Spinnweben sind verschwunden, kaputte Fenster sind mit Sperrholz behelfsmäßig geflickt. Der frisch gestrichene kleine Wohnraum, früher wohl Teil des Dienstbotentrakts, ist wohnlich mit frisch gereinigten Möbeln bestückt. Aus der Küche weht uns Kaffeeduft entgegen.

„Ihr seid unglaublich, danke!" Mehr kriege ich kaum raus.

Kurz darauf sitzen wir in der Schlossküche an einem großen Eichentisch, trinken Kaffee und schmieden wieder Pläne.

„Hast du Dir mal die Schlösser an der Garage angesehen?" frage ich Jonas.

„Ja, die sind allerdings deutlich jünger als die des Schlosses. Da braucht es schon etwas mehr Panzerknacker-Know-how als ich habe. Oder rohe Gewalt."

„Oder den passenden Schlüssel." wirft Lena ein und zückt das Schlüsselbund.

„Probieren wir doch mal den Reminsenschlüssel, oder einen von den krakelig beschrifteten..." sagt sie, steht auf und winkt uns, ihr zu folgen.

Die Remise

Zu viert machen wir uns auf zu der Garagentür, durch die Lena und ich schon bei unserer ersten Stippvisite gespäht haben.

Wie erwartet passt der Remisenschlüssel nicht. Von den krakelig beschrifteten Schlüsseln passt auch keiner. Jonas lässt sich das Schlüsselbund zeigen und bedeutet Lena, es mal mit dem Schlüssel zu probieren, der mit **гараж** beschriftet ist.

„Und was heißt das?" fragt Lena, während sie schon dabei ist, den Schlüssel im Schloss zu drehen.

„Garazh, also russisch für Garage." antwortet Jonas lapidar.

Der Schlüssel dreht sich im Schloss und nach einem beherzten Druck auf den Türgriff und einem leichten Bodycheck meinerseits gegen die Tür gibt sie uns den Weg ins Innere frei.

Leer, wie in leergefegt. Nur in einer Ecke hinten rechts liegen ein paar alte Autoreifen und stehen ein paar alte Kanister, von den Engländern gern als Jerrycans bezeichnet. Eben genau die Dinger, die die Wehrmacht ab 1936 als Wehrmachtseinheitskanister benutzt hat und die auch von den Alliierten gern kopiert und genutzt wurden.

Der Rest der Garagenhalle ist leer, der Boden fleckig, aber intakt. Keine Risse, keine Löcher. Halt, da hinten bei den Reifen scheint es doch eine Ritze zu geben.

Wir verteilen uns in der Halle und sehen uns staunend um. Was man hier wohl draus machen kann? Eine Indoor-Cartbahn, ein American Diner, ein Bücherantiquariat, ein Kongresszentrums. Vier Köpfe und bestimmt einen Haufen Ideen.

Ein Blick nach oben zeigt mir, dass zumindest Bombensicherheit nicht der Grund für die Wehrmacht gewesen sein kann, diese Halle an die Stelle der alten Remise zu setzen. Die eiserne Dachkonstruktion wirkt stabil, aber bestimmt nicht bombensicher. Warum die Nazis hier wohl dieses Gebäude errichtet haben?

Lena steht beim Reifenstapel und ruft uns zu sich.

„Kommt mal her, irgendetwas ist hier komisch!"

Kaum sind wir bei ihr, hüpft sie kurz auf und ab.

BONG

„Findet ihr nicht auch, dass das irgendwie komisch klingt? Jedenfalls nicht so, wie es klingen müsste, wenn es Beton oder Estrich wäre..."

Jonas hüpft ebenfalls kurz hoch und es macht eindeutig nicht **BONG**.

Ich deute auf die Ritze im Fußboden, die genau auf halber Strecke zwischen Jonas und Lena verläuft.

„Irgendetwas scheint da unter der Platte zu sein, die durch die Ritze vom Rest des Bodens getrennt ist."

Liv greift schon zum ersten Kanister und sagt:

„Dann lasst uns hier auch mal etwas umräumen, damit wir sehen, worum es hier geht."

Frauen sind einfach pragmatischer als Männer. Oder neugieriger. oder beides. Egal, packen wir es an. Jonas, Lena und ich greifen Livs Beispiel auf und schichten die Jerrycans und die Reifen um. Nach ein paar Minuten kommen die Ausmaße der „Ritzenplatte" richtig zur Geltung. Ungefähr vier Meter breit und zehn Meter lang ist das Segment.

Ich schaue mich in dieser Ecke der Halle genauer um.

„Jetzt müssen wir nur noch herausfinden, ob und wie wir dieses Bodensegment bewegen können."

Alles, was an der Wand zu sehen ist, ist eine kleine Tür.

„Was da wohl hinter ist?" Ich scheine dabei Lena fragend angesehen zu haben, denn sie antwortet:

„Keine Ahnung, aber das sieht tatsächlich genau wie die kleine Tür aus, die ungefähr an dieser Stelle in Opas Remise führte. Ich probiere mal den Remisenschlüssel..."

Und BINGO er passt und lässt sich drehen. Als Lena die Tür öffnet, wird in der Zarge eine kleine Klappe sichtbar. Wahrscheinlich sollte sie es nicht sein, aber der Zahn der Zeit hat der hölzernen Türzarge zugesetzt und das Holz hat sich wohl etwas verzogen. Dadurch steht die Klappe einen kleinen Spalt vor.

Neugierig versuche ich, sie ganz zu öffnen, was unter leichten knarzenden Geräuschen auch gelingt. Dahinter befinden sich ein paar Schalter. Nur einer davon ist in Altdeutsch beschriftet, ein Drehschalter aus schwarzem Bakelit. Links davon steht *runter*, rechts davon steht *rauf*. Sollte es so einfach sein?

„Hier ist ein Schalter!" rufe ich.

„Und hier ist ein Sicherungskasten!" ruft Jonas, der hinter mir in den neu entdeckten Trakt gegangen ist.

Ich schaue das erste Mal wirklich in diesen Raum. Eine Werkstatt, diesmal mit Backsteinmauern statt Beton. Scheinbar hat die Wehrmacht die Remise nicht abgerissen, sondern irgendwie in ihr Bauwerk integriert.

„Das ist Opas Remise!" freut sich Lena, meine Vermutung bestätigend. Gut, wenn man zum rechten Zeitpunkt eine Zeitzeugin dabeihat.

„Die Sicherungen sind ausgeschaltet, soll ich mal versuchen, sie einzuschalten?" fragt Jonas.

„Klar, Versuch macht klug."

Ich habe schon die Hand am Drehschalter, werfe aber vorsichtshalber noch einmal einen Blick zurück in die

große Garagenhalle. Keiner steht auf dem Bodensegment. Ich höre das **schnapp, schnapp, schnapp** der
Sicherungen, die Jonas gerade umlegt.

Ich drehe den Schalter nach links und es ertönt ein
lautes Quietschen und Schaben. Nach einer kleinen
Ewigkeit, die wahrscheinlich nur ein paar Millisekunden
lang war, sieht man, dass die Ritze sich verändert. Das
Bodensegment senkt sich tatsächlich. Wir vier unver-
hofften Entdecker schauen uns an.

„Das gab es bei Opa nicht. Was ist das, ein Fahrstuhl?“

„Finden wir es heraus!“ rufen wir anderen drei im Chor.

Der Fund

Nach zwei Minuten erstirbt das Quietschen und Knarren; der Schalter springt von selbst wieder in die Nullstellung.

„Deutsche Ingenieurkunst. Funktioniert auch nach siebzig Jahren noch." bemerkt Jonas anerkennend.

„Oder russische unverwüstliche Technik." werfe ich ein.

Dagegen spricht allerdings die Beschriftung der Schalter und die Tatsache, dass sie in der Tür verborgen waren.

Wir stehen zu viert an der entstandenen Lücke im Boden und schauen nach unten.

Liv zeigt auf eine Seite der Lücke.

„Hier ist eine Leiter, wollen wir runter gehen und der Sache auf den Grund gehen?"

Lena ist schon halb an der Leiter, als Jonas zurück in die Werkstatt hastet, um kurz darauf mit ein paar Sicherungsschaltern in der Hand zurückzukommen.

„Nur zur Sicherheit, wir wollen durch nicht, dass der Rückweg plötzlich nur von außen zu öffnen ist und wir alle auf der falschen Seite sind." erklärt er.

Tja, gute Freunde denken eben mit. Wir steigen einer nach dem anderen die Leiter herunter. Lena zuerst, dann Liv, gefolgt von mir und Jonas als Abschluss. Unten angekommen schauen wir uns ratlos an, bis Jonas in seiner Cargo Hose kramt und zwei kleine Taschenlampen hervorzaubert. Eine schnappt sich Lena gleich, die andere entwindet Liv Jonas mit einem breiten Grinsen. Der zückt lächelnd sein Handy und lässt die Taschenlampen-App die Arbeit tun.

Mit Licht wird erst das Ausmaß unserer Entdeckung deutlich. Wir stehen in einer Halle, die deutlich größer ist als das, was von oben bebaut ist. Wir müssen ungefähr zehn Meter unter Tage sein. Wir stehen in einer Technik-Gruft. Im Licht der Taschenlampen und Handy-Apps tauchen entlang den Wänden schemenhaft Autos auf. Wir gehen auf die Nächstliegenden zu. Ein Querschnitt dessen, was in den ausgehenden 30er Jahren en Vogue war, gemixt mit dem Brutalo-Chick der Wehrmacht. Hier ein Horch 850, dort ein seltener VW-Kommandeurswagen, sozusagen ein früher Allrad-Käfer. Ein paar Wehrmacht-LKWs, ein paar BMW-Krad Gespanne, ein Panzerwagen.

Aber was macht einer der extrem seltenen Berlin-Rom-Wagen hier? Und ist das dahinter tatsächlich ein Auto-Union Formel-Rennwagen? Das wird ja immer besser. Alles, was hier schon steht, brauchen wir nicht mehr extra per Zeitmaschinenkäfer holen und zumindest der Berlin-Rom-Wagen und der Auto-Union Renner stehen auf meiner Liste.

Links von uns, sozusagen Richtung See, ist eine spiralförmige Rampe, die noch tiefer hinunterführt. Wir sind auf dem Entdeckertrip, deshalb folgen wir der Rampe weiter nach unten.

Unten angekommen erwartet uns die größte Überraschung. Diese Halle scheint alle Flugzeugmodelle zu enthalten, die an meiner Kinderzimmerdecke hingen. Nur sind die hier im Maßstab 1:1 und real. Ich taumele ein paar Schritte nach hinten und halte mich an etwas fest. Es ist eine Spitfire, wie ich erstaunt feststelle. Innen in der RAF-Kokarde am Rumpf ist ein kleines Malteserkreuz.

Wie kommen die hier hin? Jedenfalls nicht über die Rampe, die wir eben hinuntergekommen sind. Was für eine Geschichte da wohl hinter steckt? Etwas weiter stehen zwei Iljuschin IL-2 „Sturmmöwe“. Auch hier je ein kleines Kreuz im sowjetischen Hoheitszeichen. Daneben einträchtig zwei zweimotorige Flugzeuge, eine englische Mosquito und eine Messerschmitt 110.

Lena und Liv lassen die Taschenlampen durch die Halle streichen. Alles voller Flugzeuge. Ich sehe noch eine Spitfire, daneben zwei P51 Mustangs und sogar eine P38 mit dem charakteristischen Doppelrumpf. Und in jedem Hoheitszeichen ein winziges Malteserkreuz. Dahinter tauchen ein paar Messerschmidt-Düsenjäger auf, Me 262. Ganz am Rand des Blickfelds scheint ein Horten-Nurflügler zu stehen.

„Wie viele sind denn das noch? Und was machen die hier?“ Lena schaut mich fragend an.

„Keine Ahnung und keine Ahnung, aber unser Finanzierungs-problem für den Wiederaufbau des Schlosses scheint vorerst ge-löst.“ antworte ich.

Und das Problem, wo wir unsere hoffentlich bald wachsende Oldtimersammlung unterbringen, gleich mit, denke ich.

„Lasst uns hier erst einmal abbrechen und demnächst mit geeig-netem Gerät zurückkommen...“ schlage ich vor.

Lena nickt mir zu. Nacheinander klettern wir die Leiter wieder hoch, Jonas setzt die Sicherungen ein, ich fahren den Fußboden wieder hoch. Danach nimmt Jonas die Sicherungen wieder raus und drückt sie Lena in die Hand.

„Hier, das sind deine.“

Lena schaut erst ihn an, dann Liv und mich.

„Damit das klar ist, was wir hier unten finden, gehört uns al-len zusammen. Ich will nur das Schloss retten.“

Frauen. Immer wenn ich denke, ich habe sie durch-schaut, schafft es eine, mich zu überraschen.

Die Liste

„Was hat es denn nun mit dieser Liste auf sich, die du immer wieder mal erwähnst?" fragt Lena, als wir wieder im Schloss sind und es uns in der leidlich wieder hergerichteten Bibliothek gemütlich gemacht haben.

„Das würde mich auch interessieren!" ruft Jonas aus der Küche, wo er der Espressomaschine gerade vier Latte Macchiatos entlockt.

„Also," setze ich an, *„meine Idee ist, die Zeitmaschine zu nutzen, um in der Vergangenheit obsolete Oldtimer zu finden, sie in die Gegenwart zu bringen, in Stand zu setzen und entweder zu verkaufen oder eben zu behalten und damit das coolste Auto-Museum zu schaffen, das ich mir vorstellen kann."*

Ich schaue Beifall heischend in die Runde. Aus den Gesichtern von Lena, Liv und Jonas lese ich, dass sie meine Idee nicht begeisternd finden.

„Autos? Das ist wirklich alles, was Dir zur Verwendung einer Zeitmaschine einfällt?"

Liv schüttelt nur den Kopf und verlässt die Bibliothek.

„Männer, nur gut, dass ich davon geheilt bin!"

„Was meint sie mit geheilt?" fragt Lena.

Jonas setzt sein Erklärbärgesicht auf.

„Liv lebt seit ein paar Jahren mit Laetitia zusammen. Laetitia war der Grund, warum Liv und ich nicht mehr zusammen sind. Tja, wo die Liebe hinfällt."

„Du meinst, sie ist…"

Lena kommt nicht dazu, den Satz zu vollenden, den in diesem Moment ist Liv wieder da, mit einer zierlichen dunkelhaarigen Frau im Arm.

„*Genau, wir sind lesbisch. Das ist sie übrigens. Laetitia, das sind Lena und Mark, Jonas kennst du ja. Lena, Mark, das ist Laetitia.*"

„*Hallo Laetitia, schön dich kennenzulernen. Verzeih mir meine Überraschung, ich bin wohl etwas hinter der Zeit zurück.*"

Lena geht mit ausgestreckter Hand auf die Neuangekommene zu.

Die ignoriert die ausgestreckte Hand und nimmt Lena lieber gleich in den Arm.

„*Willkommen im 21. Jahrhundert, Liv hat mir schon erzählt, wo du herkommst. Du musst mir unbedingt erzählen, wie es in Deiner Zeit ist.*"

Jonas kommt mit einem fünften Latte Macchiato aus der Küche.

„*Aber erst würde ich gern mehr über die Liste hören.*" brummelt er dabei.

Also hole ich erneut aus und erkläre meinen Plan.

Dann stelle ich mich den Fragen. Die wichtigste kommt von Liv.

„*Wieso schmuggeln wir uns nicht nach Braunau Ende des 19. Jahrhunderts und verhindern, dass Hitlers Eltern sich kennenlernen?*"

Anstatt zu antworten, zücke ich mein Handy und zeige Liv eine SMS von mir:

Das funktioniert nicht, die Vergangenheit ist in großen Zügen geschrieben, weil eben schon passiert. Man kann hier und da etwas dran rumbiegen, aber den Lauf der Geschichte kann man nicht ändern. Alles, was direkten Einfluss auf die Existenz derjenigen hat, die versuchen, selbst Einfluss auf die Geschichte zu nehmen, ist ipso facto unmöglich. Das wäre so, wie seinen Vater zu erschießen, bevor er einen gezeugt hat. Da er seinen mörderischen Sohn nicht gezeugt haben kann, kann er

auch nicht von ihm erschossen werden. Temporales Paradoxon nennt man das.

Liv schaut mich an.

„Woher kommt das?"

Mein Handy piept.

Aus eurer Zukunft. Live Long and Prosper!

Liv ist noch nicht überzeugt.

„Kann mir das jemand mit einfachen Worten erklären?" fragt sie in die Runde.

Laetitia nickt wissend.

„Du kannst nichts ändern, was Deine eigene Existenz in Frage stellt."

„Okay, das verstehe ich, danke Süße!"

Ich atme auf.

„Okay, nachdem wir das geklärt haben, welche Ideen habt ihr noch? Was wollen wir aus der Vergangenheit ins Jetzt retten?" frage ich.

„Kunstwerke!" wirft Liv ein.

„Die Bibliothek von Alexandria!" kommt von Lena.

„Den Zuse Z1 Rechner." murmelt Jonas

„Alle Schätze des versunkenen Atlantis." kommt verträumt von Laetitia.

Ich schaue wieder in die Runde der Mitwisser, deren es jetzt mit mir schon fünf sind.

„Lasst und mit den Autos, dem Zuse und den Kunstwerken anfangen, das bleibt alles im Rahmen der 20. Jahrhunderts. Die anderen Themen nehmen wir auf die erweiterte Liste und widmen uns ihnen, wenn wir etwas mehr Übung als Temporanauten haben."

„Blöde Wortschöpfung, aber guter Vorschlag zur Vorgehensweise."

Jonas trinkt seinen Kaffee aus.

„Okay, das sieht nach reichlich Recherche-Arbeit für mich aus. Mark, du kannst Dir schon mal Gedanken machen, wie wir

74

rauskriegen, wie weit man mit Karlchen in der Zeit zurückspringen kann. Oder was wir sonst nutzen können…"

Au Backe, da wäre ich ja fast ins Fettnäpfchen getreten. Und dabei sind sowohl Liv als auch Laetitia total nette Menschen. Ich muss wohl wirklich noch daran arbeiten, in diesem 21. Jahrhundert anzukommen. Eigentlich ja großartig, dass man hier scheinbar so offen damit umgeht. Und ich mag beide wirklich sehr.

Die große schlanke blonde Liv, die aussieht, als wäre sie einer Wikingersaga entsprungen und die zierliche dunkelhaarige Laetitia. Fast dreißig Zentimeter kleiner als Liv, aber wenn man die beiden zusammen sieht, sieht man sofort, wer den Ton angibt. Und die beiden scheinen sich wunderbar zu ergänzen. Sie erinnert mich ein bisschen an Oma, die hat fehlende Körperlänge auch durch Kompetenz und Durchsetzungsvermögen ersetzt.

Expedition in die Unterwelt

Zwei Tage später sind Lena und ich in unser neues Hauptquartier umgezogen. Neue Bewohner für das Haus von Hilde und mir zu finden, erwies sich als ziemlich einfach. Liv und Laetitia waren schon länger auf der Suche nach einer neuen Bleibe im Berliner Speckgürtel. Und da sie jetzt ja sozusagen zum Team gehören, aber nicht im Schloss wohnen wollten, bot sich meine alte Bleibe förmlich an.

MK Zwo trauert seinem alten Heim scheinbar nicht nach, er gefällt sich in seiner neuen Rolle als Schloss Kater und erkundet ausgiebig sein neues Revier. Wir sehen in derzeit eigentlich nur zu den Mahlzeiten. Seine innere Uhr scheint ihm immer genau zu sagen, wann es Zeit ist, mal wieder in der Küche vorbei zu schauen.

Zeitmaschinen-Karlchen steht noch etwas einsam in der großen Garagenhalle. Das Einzige, was ihm derzeit Gesellschaft leistet, ist der etwas verfallene Schwimmwagen aus dem Wald bei Wolfsburg und mein SUV mit dem Autoanhänger an einer Hallenwand geparkt.

Jonas ist dabei, eine Bestandsaufnahme des Amphibienfahrzeugs zu machen. Er öffnet alle Luken, Fächer und Hauben, rüttelt an jedem Anbauteile und versucht, ob sich die klappbare Schiffsschraube am Heck des Wägelchens klappen und drehen lässt.

„Also, der sieht dafür, dass er zwanzig Jahre im Wald stand, eigentlich noch ganz gut aus. Motor ausbauen und überholen, Achsen abschmieren, Sitze neu beziehen, neue Reifen drauf und schon kann es los gehen."

Ich schaue zweifelnd Jonas an

„Du bist ein unverbesserlicher Optimist. Wo sollen wir die Ersatzteile für den Motor herbekommen? Und die Reifen? Sowas bekommt man nicht bei Schwimmwagenreifen24.de, den Laden gibt es nämlich leider nicht."

„Ein bisschen mehr Optimismus würde Dir auch nicht schaden, Mark. Lass uns doch einfach mal eine Etage weiter unten nachsehen, was wir da so finden. In einer Ecke war ein Reifenstapel."

„Alles, was da liegt, hat nochmal fünfzig Jahre mehr auf dem Buckel als das, was hier vor uns steht." werfe ich ein.

„Wozu gibt es Maßbänder?" gibt Jonas zurück.

„Wir suchen passende Reifen, nehmen die genauen Maße und schauen mal im Internetz, ob es etwas einigermaßen Passendes gibt. Ansonsten lassen wir es eben anfertigen. Und Technikteilen ist es egal, wie lange sie im Ersatzteilregal liegen."

„Okay, überredet, ich wollte sowieso mal wieder runter"

Lena, die während unseres kleinen Disputs in die Garage gekommen ist, hat den letzten Teil unseres Gesprächs gehört.

„Ihr wolltet doch wohl nicht allein da runter, ohne mich? Ich will auch endlich sehen, was da unten noch so ist. Und zum Ersatzteilproblem, kann es sein, dass ihr wieder völlig vergessen habt, dass wir eine Zeitmaschine zur Verfügung haben?"

Jonas und ich sehen uns gegenseitig an, als würden wir für den *wer-kann-dümmer-aus-der-Wäsche-Schauen* Wettbewerb üben.

Jonas geht zu Karlchen und öffnet die Kofferraumhaube:

„Ich hole mal eben ein paar Taschenlampen..."

Ich schaue währenddessen Lena an.

„Was würde ich nur ohne dich machen..."

„Vermutlich mit Deinem Kater bei Dir zuhause sitzen und dich fragen, wie du Deine Zeit totschlägst."

„Sehr richtig, aber etwas unromantisch formuliert.“ entgegne ich.

Lässig, Mark, sehr lässig.

Jonas verteilt die Taschenlampen und dreht die Sicherungen für den Fahrstuhl wieder rein.

„Klettern oder schweben?“

Fragt Jonas und blickt in die Runde. Dann legt er den *abwärts*-Schalter um und springt auf die sich langsam senkende Fahrstuhlplattform, unsere Antwort gar nicht erst abwartend. Pragmatiker eben. Lena und ich schauen uns grinsend an und springen hinterher.

Unten angekommen schalten wir die Taschenlampen an und gehen auf die Spiralrampe zu. Rechter Hand sehe ich im kargen Schein der Taschenlampenlichtkegel Regale, die mir vorher noch gar nicht aufgefallen sind. Ich bewege mich darauf zu und sehe beim Näherkommen, dass in den Regalen kistenweise Ersatzteile zu liegen scheinen. Und nicht nur das, in einer Ecke scheint es ein kleines Büro zu geben. Na, das wäre ja was, wenn es dort so etwas wie schriftliche Unterlagen über den Lagerbestand gäbe oder gar weitergehende Pläne zur gesamten Anlage.

„Das sehen wir uns später an, lass uns erstmal die Flugzeuggrotte erkunden.“

Lena zeigt aufmunternd auf die Spiralrampe.

Um ehrlich zu sein, bin ich auch gespannt, was dort unten noch auf unsere Entdeckung wartet. Wir gehen die Rampe herunter, die breit und hoch genug ist, um einen kleinen LKW durchzulassen. Auch die Rampe ist gut in Schuss, wie ich schon bei unserem ersten Besuch bemerkt habe. Die haben hier wirklich für die Ewigkeit gebaut. Dieses Hirngespinst vom tausendjährigen Reich war für die Planer und Erbauer dieser Anlage offensichtlich Teil der Anforderungen.

In der Flugzeughalle, wie ich diese Etage insgeheim getauft habe, zückt Jonas plötzlich ein kleines grünes Kästchen.

„Was is'n das?"

„Mark, du würdest ein modernes Werkzeug nicht mal erkennen, wenn es Dein Hosenbein hochkraxele und dabei aus seiner Bedienungsanleitung vorliest.

Das ist ein Laser-Entfernungsmesser. Nützliches kleines Ding für Heimwerker."

Nach diesem kleinen Monolog zur Herabsetzung meiner Werkzeugkenntnisse schaltet Jonas den Laser ein und dreht sich Richtung Schloss. Er liest den Wert ab, dreht sich um 90 Grad nach rechts, liest den zweiten Wert ab und dreht sich dann nochmal 90 Grad, sozusagen das Schloss im Rücken. Der dritte Wert entlockt ihm ein anerkennendes Pfeifen.

„Okay, raus mit der Sprache, wie groß ist diese Halle?" frage ich ungeduldig.

„Richtung Schloss sind es 50 Meter, also nicht ganz bis an die Grundmauern. Zur gegenüberliegenden Wand sind es auch 50 Meter. Die eigentliche Überraschung ist, wie weit die Halle von Schloss weg noch geht. Laut Anzeige sind es 400 Meter. Das würde heißen, das sie unter dem kompletten See durch geht!"

Jetzt ist es an Lena und mir, anerkennend zu pfeifen. Ich sehe mir die Decke genauer an. Ein weites Gewölbe, trockener Beton, soweit das Licht reicht.

Dann dreht sich Lena in Richtung des Sees, schaut kurz noch zu uns zurück.

„Auf geht's, worauf wartet ihr. Busse fahren hier unten wahrscheinlich nicht."

Jonas und ich folgen eilig. Lenas Taschenlampe strahlt den Weg voraus, Jonas und ich lassen gelegentlich die Lichtkegel zur Seite schwenken. Wir kommen an weiteren Flugzeugen vorbei. Und dabei sind die vielen Flugzeuge nicht das überraschendste. Die eigentliche Überraschung ist, dass die Halle bei ihrer Größe tatsächlich kein Anzeichen von Feuchtigkeit oder Verfall zeigt. Staub ja, aber keine Pfützen, keine Kalk-Stalaktiten an der Decke. Die ist auf der ganzen Wegstrecke, die wir schon gegangen sind leicht nach oben gewölbt. Macht Sinn, denke ich, schließlich ist da ein kompletter See drüber.

Langsam nähern wir uns dem hinteren Ende der Halle. Hier wartet für mich die schönste Überraschung. Wir gehen auf ein Flugzeug zu. Nicht auf irgendein Flugzeug. Es ist eine Tante Ju, oder auch Junkers Ju 52. Und sie sieht fast genau so aus, wie die, in der ich vor ein paar Jahren mal mitfliegen durfte. Als wir näher sind, kann man sogar den Kranich auf dem Leitwerk sehen. Eine Ju in ziviler Verkehrsflugzeuglackierung.

„Wow, die stand sehr weit oben auf meiner Liste." freue ich mich.

Jonas und Lena schauen mich an. Jonas schüttelt den Kopf.

„Wir laufen hier in einer unwahrscheinlich gut erhaltenen Halle voller Weltkrieg 2 Flugzeuge unter einem See lang und das einzige, was dich wirklich fasziniert, ist die Ju?"

„Ich bin mir der Halle und der Flugzeuge wohl bewusst, aber ich wollte schon als kleiner Junge eine Tante Ju haben."

Lena geht einfach wortlos grinsend weiter und an der Ju vorbei.

Sie leuchtet den Fußboden ab, dann die dahinter liegende Rückwand der Halle.

„Hier scheint noch eine Fahrstuhlplattform zu sein, aber wesentlich größer als die auf der anderen Seite in der Autohalle."

Jonas leuchtet ebenfalls den Boden ab und folgt einer dort schwach sichtbaren Rille im Boden.

„*Na, das erklärt dann, wie die Vögel unter den See gekommen sind. Fehlt eigentlich nur das WARUM.*"

Vielleicht finden wir das ja in dem kleinen Büro in der Autohalle raus, denke ich so bei mir.

„*Wohin wohl der Fahrstuhl führt?*" unterbricht Lena meinen Gedankengang.

Jonas hat mit schlafwandlerischer Sicherheit die Schalttafel gefunden, mit der wohl die Plattform gesteuert werden kann.

„*Soll ich?*" fragt er in die Runde.

Lena nickt. Jonas betätigt den Schalter, aber es passiert nichts.

„*Tja, das wäre ja auch zu schön gewesen.*" sagt er.

„*Hier ist eine Tür!*" ruft Lena, die ein bisschen an der Wand entlang gegangen ist. Sie steht an der linken Seitenwand und versucht, eine fast bündig mit der Wand abschließende Stahltür zu öffnen

„*Kommt mal und helft, sie aufzumachen.*"

Jonas und ich ziehen zusammen mit Lena. Mit lautem Quietschen öffnet sich die Stahltür einen Spalt weit.

„*Moment, das haben wir gleich.*"

Jonas kramt in den Taschen seiner Cargo Hose und fördert ein Ölfläschchen hervor. Damit bearbeitet er die Scharniere der Tür.

„*Batman und MacGyver sind echte Amateure im Vergleich mit Dir!*" bemerke ich anerkennend.

„*Allzeit bereit!*" ist seine Antwort.

Fünf Minuten und zwei Nachölattacken später ist die Tür durch Jonas MacBatGyvers Einsatz überredet, uns durchzulassen. Lena ist wieder die erste auf der Treppe, Jonas und ich müssen fast die Treppe rausrennen, um den Anschluss nicht zu verlieren. Als wir Lena schließlich einholen, liegt das nur daran, dass eine zweite Stahltür den Weg versperrt.

Und diese Tür wird sich von hier auch nicht öffnen lassen, jedenfalls nicht ohne Werkzeug. Und mit Werkzeug meine ich Schweißbrenner und Trennschleifer. Auch eine Spitzhacke könnte nützlich sein, wenn man die Betonbrocken, die durch den kleinen Sichtschlitz in der Tür zu sehen sind, auch noch in Betracht zieht.

Ich setze mein Denkergesicht auf:

„Wir müssten fast…"

„…am Flugplatz sein!" beenden Lena und Jonas meinen Satz.

Wir sehen uns an, drehen uns um und gehen die Treppe wieder herunter.

„Wenn es links eine Tür gibt, gibt es rechts ja vielleicht auch eine…" sinniert Jonas vor sich hin.

Kaum sind wir wieder bei der unteren Tür, wendet er sich an der Querwand entlang bis zur gegenüberliegenden Seitenwand.

„…und? Irgendwas gefunden da drüben?"

„Tja, Mark, wie ich es mir gedacht habe. Der Architekt dieser Gewölbe hatte etwas übrig für Symmetrie. Hier ist noch eine Tür. Habe gerade die Scharniere geölt."

Lena und ich gehen ihm nach. Ungefähr auf halben Weg hören wir, wie die Tür geöffnet wird. Jonas konnte es scheinbar nicht abwarten. Wir hören, wie er die Treppe hochgeht.

„Die Tür hier oben scheint tatsächlich noch irgendwo hinzuführen!" hören wir ihn von über uns rufen.

Lena sprintet die Treppe hoch.

„Warte auf uns!"

Als ich den obersten Treppenabsatz erreiche, steht Jonas grinsend da und lässt Lena galant den Vortritt. Mit der ganzen angeborenen Eleganz des Freifräuleins von Prodrow drückt sie den Türgriff runter.

Die Tür ruckt ein paar Millimeter, dann passiert erst einmal nichts.

„Etwas Zeit musst du dem Öl schon lassen, Lena.“

„Zeit für Deinen männlichen Einsatz, lieber Mark, Wirf dich mal mit uns zusammen gegen die Tür.“ ruft Lena aufmunternd.

Drei Schultern hat die Tür nichts entgegenzusetzen und öffnet sich schlagartig mit lautem Quietschen. Etwas überrascht purzeln wir neben- und übereinander durch die Türöffnung.

Der Flugplatz

Wir sind zurück an der Oberfläche, aber wo genau?
Sieht vom Boden, auf dem wir noch liegen, wie eine
große Garage aus.

Das muss der alte Hangar auf dem Feldflugplatz sein,
der zum Schloss gehören soll, denke ich. Wir sind bislang noch nicht dazu gekommen, das alte Flugfeld und
die paar Gebäude zu besuchen.

Der Hangar jedenfalls ist leer. Und ziemlich dunkel.
Das einzige Licht fällt durch eine kleine Öffnung in der
Richtung, in der wohl die Hangar Tore sind. Ich gehe
auf das Licht zu und sehe, dass es tatsächlich eine Tür
im linken Hangar Tor ist. Sie steht halb offen. Mal sehen, in welchem Zustand das Flugfeld ist.

Als ich durch die halbgeöffnete Tür luge, sehe ich einen Wald.

*„Irgendwie scheint uns hier ein Flugplatz abhandengekommen
sein. Ich sehe überall nur Bäume. Hier ist alles voller Ahorn,
Birken, Buchen und Kiefern. "*

Also eher ein Waldflugplatz als ein Feldflugplatz. Einige der Bäume sind mindestens 50 Jahre alt, wenn ich
mir die Stammdurchmesser so ansehe.

Eins ist klar, hier ist wahrscheinlich bei Kriegsende
das letzte Flugzeug gestartet oder gelandet. Egal, wie gut
die Vögel erhalten sind, die wir unten gefunden haben,
von hier werden sie so bald nicht starten.

„Na, wer weiß, vielleicht ja doch. "

Ich schaue mich um und sehe Lena direkt hinter mir.
Den letzten Gedanken muss ich wohl laut ausgespro-
chen haben.

„Hallo Jonas, hast du zufällig auch eine Kettensäge in der Hosentasche?“ frage ich den letzten Neuankömmling.

„Nö, aber sowas kriegt man hier ja unkompliziert. Und bevor wir die Startbahn roden, sollten wir erst mal schauen, ob wir irgendeinen der schlummernden Vögel wieder flottkriegen.“

Lena übernimmt schon wieder die Initiative.

„Lasst uns durch erst einmal sehen, wie es hier aussieht und warum wir die andere Tür nicht aufbekommen haben.“

Wir gehen außen um den Hangar herum. Es ist ein gut getarnter, mittlerweile auch baumbewachsener Betonbau. Als wir um die Kurve biegen, hinter der die versperrte Tür liegen müsste, sehen wir einen großen Berg Betonbrocken. Hier war wohl mal ein Tower und irgendjemand dachte sich wohl, den will ich hier nicht mehr. Ob Fliegerbombe oder Sprengsatz ist egal, das Resultat ist, kein Turm, also auch keine Auffälligkeit. Die Akkuratesse, mit der wirklich nur der Turm zerlegt wurde, spricht für die Selbstsprengungsvariante.

Jonas bleibt stehen und schaut uns an.

„Also, ich weiß ja nicht, wie es euch geht, aber ich werde jetzt wieder in Richtung Schloss Küche aufbrechen. Da gibt es einen netten Kaffee und vielleicht sind noch ein paar Muffins da. Jedenfalls nahrhafter, als hier weiter in ungenügender Ausrüstung durchs Unterholz zu stapfen.“

Ich muss ihm zustimmen.

„Oben rum oder unten rum? Tunnel oder Waldspaziergang?“

Lena und Jonas überlegen nicht lang

„Wald.“

Und Jonas kramt kurz in seiner Tasche und zieht einen Kompass hervor.

„In dieser Richtung müsste das Schloss liegen.“

Wir gehen am Hangar vorbei, der von der Seite gesehen eher einem Hügel gleicht. Die Tarnung ist so perfekt, dass sogar Mutterboden auf dem Hangar Dach

86

liegt. Und darauf hat sich im Lauf der Jahre ebenfalls Wald angesiedelt. Mit dichtem Unterholz, kaum zu durchdringen.

„Wir sollten hier gelegentlich mal eine Drohne starten und uns einen Überblick verschaffen, was hier noch so an künstlichen Hügeln auf uns wartet."

Jonas nickt wissend. Er hat sich wohl auch schon gedacht, dass diese Anlage mehr als einen Hügelhangar beherbergen könnte.

Am See angekommen, haben wir einen schönen Blick auf das Schloss. Es ist wirklich ein imposanter Anblick, selbst mit der etwas gruselig-grauen Garage an der Seite und den deutlich sichtbaren Spuren des Verfalls.

Wie es vor siebzig Jahren ausgesehen haben muss, als Lena und ihre Eltern hier wegmussten, kann ich mir nur ausmalen. Ich sehe Lena an, die neben mir steht.

„Wir werden es wieder genau so schön herrichten, wie du es in Erinnerung hast. Wir könnten sogar diese hässliche Garage wieder entfernen und nur einen kleinen Anbau für den Fahrstuhl an Großvater von Prodrows Remise anbauen."

„Und wovon bezahlen wir das?"

„Dein Familienschatz renoviert das Schloss und das, was unter dem See parkt, reicht dicke, um den Umbau zu finanzieren und wahrscheinlich noch ein Museum, in dem wir alles ausstellen können, was wir nicht verkaufen wollen. Und für alles, was sonst noch so fehlen sollte, können wir unser Karlchen benutzen."

Jonas ist schon weiter gegangen und pfeift uns zu sich heran. Hat er noch etwas gefunden? Liegt hier vielleicht noch ein verstecktes U-Boot? Oder ein Flugzeugträger? Nee, für sowas ist der See nun wirklich zu klein.

Alles, was Jonas antreibt, ist uns anzutreiben, damit er endlich zu seinem Kaffee kommt. Also, nur nicht trödeln.

Kaffee und Muffins

Wir sitzen wieder in der Schloss Küche, haben unsere Kaffeebecher in der einen Hand und die Muffins in der anderen Hand. Mit halbvollem Mund berichtet Jonas Liv und Laetitia, was wir alles entdeckt haben.

„Cool, ich wollte immer schon eine Ju 52 fliegen."

Ich schaue Laetitia an.

„Du hast einen Pilotenschein?"

„Ja, das brauchte man damals, als ich in Kiew Luftfahrtingenieurwesen studiert habe. Die waren dort irgendwie der Meinung, man müsste fliegen können, um Flugzeuge zu konstruieren."

Ich bin baff. Und etwas neidisch. Zum Flugschein hat es bei mir bislang nicht gereicht.

„Und habt ihr da auch gelernt, Flugzeuge zu reparieren?"

„Mark, ich weiß, worauf du hinauswillst. Ja, haben wir. Aber wenn du glaubst, ich könnte hier mit meinem Studienwissen von vor dreißig Jahren mit vier Amateuren zusammen ein paar Flugzeuge zum Fliegen bringen, die 70 Jahre in einer Halle unter einem See rumstanden, muss ich Dir sagen, dass das nicht funktionieren wird. Vor allem, weil ich es nicht anfangen werde."

Wow, das war die längste Rede, die ich bislang von Laetitia gehört habe.

Mir persönlich würde ja die alte Tante Ju und eine Spitfire reichen. Naja, und vielleicht noch die P-38. Der Rest sollte in ein Museum.

„Hast du vielleicht Connections zu Leuten, die wir damit beauftragen könnten, den einen oder anderen Flieger wieder flott zu machen?"

„Ich höre mich mal um."

Damit ist das Thema erst mal erledigt. Die Muffins auch. Lena schaut mich an.

„*Was wird jetzt aus meinem Porsche 356?*"

Ich wende mich an Jonas.

„*Kannst du Deinem zauberhaften Data Lake entlocken, ob es irgendwo einen verschollenen 356er gibt, den wir in die Zukunft entführen könnten?*"

„*Coupe oder Roadster?*"

„*Wenn du so fragst, ich hätte gern einen Roadster.*" antwortet Lena.

„*Welche Farbe?*"

Boah, Jonas, jetzt gib mal nicht so an.

„*Farbe ist egal.*"

Das blaue Wrack

Lena und ich sitzen schon beim Frühstück, als Jonas ziemlich übernächtigt herein stolpert. Er ähnelt ein wenig einem Waschbären in einem zerknitterten Overall. Seine Haare stehen in alle Richtungen und die dunklen Ringe um seine Augen scheinen ihrerseits selbst schon Augenringe zu haben.

„Ich habe einen, aber er ist blau. Und es ist ein Coupé." seufzt er, als er sich neben uns auf einen Küchenstuhl fallen lässt.

Ich stehe auf, werfe die Espressomaschine nochmal an und drücke Jonas solange meinen frischen doppelten Espresso in die Hand.

„Lass mich raten, du hast die ganze Nacht damit verbracht, die Challenge zu lösen, einen herrenlosen Porsche zu finden?"

„Exakt! War intellektuell gar nicht so herausfordernd, aber ich musste noch einen Keyhole-Satelliten hacken, damit er über das entsprechende Gebiet fliegt und aktuelle Satellitenbilder erzeugt. Das hat ein bisschen gedauert. Und danach die Auswertesoftware runterladen und die Bilder analysieren lassen und mit alten Aufnahmen der letzten 50 Jahre vergleichen.

Dann noch eine kurze Interpolation, wann man den Wagen am besten holt. Ergebnis, ein blauer Porsche 356 steht nahe der alten innerdeutschen Grenze in einem Waldstück. Wir sollten ihn nicht vor 1989 holen, denn da war das Sperrgebiet. Und wir sollten ihn nicht viel später holen, denn dann wächst das Gebiet völlig zu, weil die Besitzverhältnisse bis heute ungeklärt sind. Und danke für den Kaffee."

Lena beugt sich zu Jonas und gibt ihm einen Kuss auf die unrasierte Wange.

„Vielen Dank dafür, dass du das für mich getan hast."

„*Allzeit bereit...*" brummelt Jonas noch, dann nickt er vorgebeugt auf dem Tisch ein.

Lena holt ein Kissen und eine Decke und wir bugsieren ihn gemeinsam unter Jonas' schläfriger Mithilfe auf das Küchensofa.

Ich werfe einen Blick auf Jonas' noch immer geöffnetes Notebook. Die Koordinaten stehen neben einem kleinen blauen Pin, der mitten in einem Waldstück liegt. Schau an, gar nicht weit von Ehra-Lessien. Da hat VW noch vor dem Mauerfall seine Teststrecke hingelegt, weil das Überflugverbot die Erlkönige schützte. Und wohl auch den verwilderten Porsche. Wieso den wohl jemand dort hingefahren hat? Und wie er wohl aussieht, wenn wir ihn 1989 kurz nach der Wende dort abholen?

Lena schaut mich unternehmungslustig an.

„*Was brauchen wir und wann fahren wir los?*"

„*Schaufel, Säge, Astschere, ein langes Kabel, den Käfer, den Anhänger, den SUV, Kaffee und belegte Brötchen. Wir suchen alles zusammen, hängen den Autoanhänger an den SUV, fahren den Käfer auf den Anhänger und los geht's.*"

„*Wäre es nicht einfacher, wenn wir Deine Zeitmaschine direkt in den SUV einbauen?*" fragt Lena.

Ich antworte in Radio Eriwan Manier.

„*Im Prinzip schon, aber wer erklärt etwaigen Augenzeugen im Jahr 1989, dass wir mit einem Auto Baujahr 2013 unterwegs sind?*"

„*Jaja, schon gut, daran hatte ich nicht gedacht.*"

Eine halbe Stunde später sind wir mit unserem Gespann aus SUV und Käfer unterwegs. Geht auch nicht viel schneller, als nur mit dem Käfer, aber zumindest komfortabler.

Knapp vier Stunden später sind wir in der Gegend von Ehra-Lessien. Wir suchen uns wieder einen ruhigen

Waldweg, laden den Käfer vom Anhänger und beladen ihn mit dem mitgebrachten Werkzeug.

Lena schaut mich fragend an.

„Darf ich diesmal den Zeitsprung machen?"

„Klar, schließlich holen wir ja deinen Porsche."

Sie gleitet auf den Fahrersitz. Ich steige auf der Beifahrerseite ein. Eine für mich ungewohnte Perspektive. Hilde wollte Karlchen nie selbst fahren. Sie hat es einmal probiert und mit dem Worten beendet:

„Der fährt sich ja wie ein Belarus 50."

Ich war eigentlich erst beleidigt, als sie erklärte, was das ist. Ein alter russischer Traktor. Aber genug von Hilde. Die ist bei ihrem Marketing-Fuzzi in Wuppertal. Das hatte ich schon erwähnt, oder? Lena schaut mich fragend an.

„Welches Zieldatum geben wir denn ein?"

„Laut Jonas' Notizen wäre März 1991 ein guter Zeitpunkt. Da war hier gerade gar nichts los und die Wachstumsphase hatte noch nicht wiedereingesetzt. Mist, wir hätten warme Jacken einpacken sollen."

„Mark, geh bitte nochmal an den Kofferraum des SUVs, dort findest du unsere Jacken."

Frauen. Irgendwie treffe ich immer auf welche, die besser vorbereitet sind als ich. Sehr angenehm, wenn man so drüber nachdenkt.

Ich reiche Lena ihre Jacke, ziehe meine eigene an und setze mich wieder neben sie.

„Stell den 16. März 1991 ein. 14:30."

Ein Experiment nebenbei, denke ich so bei mir. Mal sehen, ob es funktioniert.

Fump

SUV und Anhänger sind weg, dafür liegt der Weg gut sichtbar vor uns. Lena startet den Käfer und steuert auf die Kreisstraße zu.

„Fahr mal bitte hier erst rechts ab.“ bitte ich sie.

Lena lenkt nach rechts, ohne nachzufragen. Nach ca. 300 Metern kommen wir an einem grünen Suzuki-Jeep vorbei. Ein Pärchen steht auf der gerade ehemaligen deutsch-deutschen Grenze und küsst sich.

„Hey, der Typ sah ja aus wie Du?“ wundert sich Lena, während wir an dem engumschlungenen Paar vorbeifahren.

„Kein Wunder, das war ich. Ich war an genau diesem Tag, zu genau dieser Zeit genau hier, um mit meiner damaligen Freundin die Zonengrenze zu besuchen. Heute ist ihr Geburtstag. Wir waren erst im Mühlenmuseum in Gifhorn, was sie nicht so sehr begeistert hat. Deshalb dachte ich damals, biete ich ihr, was ihr noch keiner ihrer Freund bieten konnte, ein Kuss auf der Zonengrenze. Deshalb sind wir damals oder besser heute hierhergefahren, genau hier ausgestiegen und haben uns geküsst.“

„Du bist schon ein bisschen schräg, oder?“

„Mag sein, aber der kleine Naturwissenschaftler in mir wollte einfach wissen, ob es tatsächlich funktioniert. Ich habe eben an fast dem gleichen Ort zweimal existiert. Cool, oder?“

Lena schüttelt resignierend den Kopf.

„Männer!“

Nach einigen Minuten, die wir schweigend, nur kurz unterbrochen von meinen Richtungshinweisen unterwegs sind, kommen wir an den Punkt, den Jonas für den Erstkontakt mit Lenas neuem alten Porsche ausgesucht hat.

Ein ziemlich zugewachsener Weg, kein Auto weit und breit und auch sonst außer Bäumen und Unterholz nichts zu sehen.

Wir steigen aus und ich deute nach links ins Unterholz.

„Ein paar Meter hier links rein müsste es sein.“

Man sieht einen großen Grashügel, Mischwald drumherum, aber keine Spur von einem Auto. Moment, Grashügel? Ich gehe näher ran und denke so bei mir, ja, Mark, da könnte ein Porsche reinpassen. Ich nehme mir einen abgebrochenen Ast und stochere etwas in dem Grashügel herum. Nach ca. zehn Zentimetern stoße ich auf hartnäckigen Widerstand.

Lena tippt mir auf die Schulter und reicht mir Handschuhe und eine lange Gartenschere. Die zweite bringt sie sofort selbst zum Einsatz. Nach wenigen Minuten kommt etwas Schmuddeliges blau-braunes in Sicht. Könnte das Hinterteil eines Porsches sein. Ich arbeite etwas rechts von Lena und stoße plötzlich auf ein Rücklicht. Eindeutig Porsche 356, sowas würde ich mit verbundenen Augen erkennen.

Eine halbe Stunde später steht das blaue Autowrack zu einer ersten Besichtigung bereit. Eins steht fest, so viel Glück wie bei dem Schwimmwagen haben wir hier nicht. Der Vorderwagen wird so sicher nicht rollen. Wer auch immer diesen Wagen hier abgestellt hat, hat das nicht ganz freiwillig getan. Die vordere Stoßstange hat sich links und rechts um einen kleinen Baum gewickelt, der hier vor vierzig Jahren wohl schon stand. Jetzt hat er einen Teil des Vorderwagens einfach mit okkupiert.

Gut, dass wir eine Motorsäge dabeihaben, denn ohne die würden wir Porsche und Baum nicht trennen können. Glück im Unglück, der Baum hatte keine vierzig Jahre Zeit, um voll auszuwachsen, denn irgendein Sturm vor zig Jahren hat ihn auf halber Höhe abgebrochen. Trotzdem hat der Stumpf mindestens zehn Jahre Zeit gehabt, in den Porsche zu wachsen.

„Der ist ja ganz schön kaputt." kommentiert meine Begleiterin traurig.

„Keine Angst, den kriegen wir wieder hin. Wir müssen ihn nur erst mal von diesem Baumstumpf trennen.“

Ein paar gezielte Sägeschnitte später sind Porsche und Baum voneinander getrennt. Weit rollen wird er nicht, aber das braucht er ja auch nicht. Wir befestigen das Abschleppseil wieder an Karlchen, wie schon beim letzten Mal und ziehen mit der geballten Kraft von 40 PS den Porsche aus dem Forst. Er rutscht zwar mehr als er rollt, aber wir kriegen ihn auf den Waldweg.

Hier ersetze ich das Abschleppseil durch das mitgebrachte Kabel, um Porsche und Karlchen zu einer Tandemzeitmaschine zu verbinden. Die ganze Aktion hat uns bislang gute fünf Stunden gekostet, das heißt, wir müssen uns jetzt noch 19 Stunden gedulden, bis wir uns auf den Rückweg machen können. Glücklicherweise war der März 1989 schon relativ warm, der Wald ist einsam und lauschig und wir haben Kaffee und belegte Brötchen und uns.

Irgendwann wickelt Lena sich aus den Decken, schnappt sich ihre Sachen und meint:

„So, genug gekuschelt, langsam wird mir eiskalt. Lass uns zurückfahren.“

„Du meinst zurückspringen in die Zukunft?“

Ja wohl eher in unsere Gegenwart, alter Schlauberger.“

„Junger Schlauberger, bitte, immerhin bin ich fast 25 Jahre jünger als Du. AUA!“

Das gibt bestimmt einen blauen Fleck. Wir schlängeln uns unter der Decke in unsere Sachen und verstauen alles, was wir mitgebracht haben, wieder im Käfer. Lena sitzt schon auf dem Fahrersitz und ist kurz davor, den Knopf zu drücken, als ich auf den Beifahrersitz hechte.

„Wolltest du mich hier zurücklassen?“ frage ich leicht konsterniert.

„*Nö, aber ich wollte mal sehen, wie du unter Zeitdruck agierst.*" grinst sie mich an.

Fump

„*So, wer holt jetzt den SUV?*"

„*Na wir.*"

„*Ich lasse MEINEN Porsche jetzt nicht unbeaufsichtigt.*" Lena schaut mich mit verschränkten Armen an. Ich schaue raus und stelle fest, dass es gerade anfängt zu regnen. Glücklicherweise steht der SUV eigentlich nur zwei Feldwege weiter östlich. Und ich habe einen Schirm in der rechten Türtasche von Karlchen. Und eigentlich keine Erklärung, warum wir nicht mit dem SUV direkt bis hier gefahren sind. Also steige ich aus, raune Lena ein „*Bis gleich*" zu und mache mich auf den Weg.

Zehn Minuten später tauche ich mit SUV und Anhänger wieder auf. Lena hat Karlchen schon vom Porsche getrennt und das Kabel eingerollt. Der Regen hat aufgehört, sobald ich am Gespann war. Jetzt fällt mir auf, dass es etwas schwierig werden könnte, den SUV mit Anhänger hier zu wenden. Also aussteigen, Anhänger abkoppeln und zur Seite manövrieren, SUV zurücksetzen und wenden, Anhänger wieder auf den Feldweg schieben und ebenfalls wenden und wieder an den SUV ankoppeln. Währenddessen fängt es natürlich wieder an zu regnen. Das hört erst auf, als Lena aus dem Käfer steigt, um mir dabei zu helfen, das Windenseil des Autoanhängers am Porsche fest zu machen. Danke, Murphy.

Ab hier geht eigentlich alles glatt. Kurze Zeit später ist das blaue Wrack auf dem Anhänger, Karlchen ist gewendet und wir machen uns im Konvoi auf den Weg zurück nach Prodrow. Wrack Nummer zwei ist gerettet.

Zuwachs

Nach insgesamt acht Stunden sind wir wieder in Prodrow. Lena und ich schieben und zerren gerade das Porschewrack vom Anhänger, um ihn neben den Schwimmwagen zu bugsieren, als Jonas etwas verschlafen in die Halle stolpert.

„Hey, ihr habt ihn schon geholt? Wie lange habe ich denn geschlafen?"

Lena schaut ihn an.

„Auf Deiner Zeitlinie neun Stunden, auf unserer seit gestern Morgen."

„Häh?"

Jonas schaut verdutzt in die Runde, denkt kurz nach und nickt dann.

„Alles klar, ihr musstet ja einen Tag dableiben, bis der Flux wieder aufgeladen ist. Plus die Zeit hin und zurück, ja, das macht dann ungefähr 33 Stunden."

Jonas schaut mich an.

„Wann nimmst du mich mal mit? Ich will sehen, wie das ist, denn irgendwann müssen wir uns unbedingt dem Projekt Zuse annehmen. Und ich habe etwas recherchiert. Vielleicht wäre es cooler, die Z3 zu retten als die Z1."

Ich nicke.

„Möglich, aber da müssen wir vorher noch einen sehr genauen Plan machen. Mit Karlchen in Rot kommen wir da nicht weit. Soweit ich weiß, wurde die Zuse Z3 Rechenmaschine 1944 bei einem Bombenangriff zerstört. D.h. wir können nicht einfach mal so reinpumpen und dann 24 Stunden auf die Aufladung warten.

Wir müssen irgendwo einen Tag vorher ankommen, uns 24 Stunden im zerbombten Berlin unauffällig herumtreiben, um dann im richtigen Moment zuzugreifen. Und dann können wir noch lange nicht ins jetzt, denn wir können ja nicht einfach 2018 mitten in Berlin an einer Stelle materialisieren, an der 1944 mal ein Haus stand. Knifflig.“

„Aber nicht unmöglich.“ kommentiert Jonas meine Ausführungen.

Lena schaut uns beide an.

„Können wir uns erst mal dem naheliegendsten Problem widmen?“

„Und das wäre?“ fragt Jonas.

Ich deute auf den lädierten Porsche, aus dessen vorderen Ende immer noch ein kleines Stück Baumstumpf schaut.

Jonas schaut erst den Porsche an, dann den Schwimmwagen, dann uns.

„Lasst mich mal telefonieren. Ick hab' da wen kennenjelernt.“

Er zückt sein Handy und wandert telefonierend durch die Halle. Sehr untypisch für Jonas spricht er sehr leise, fast zärtlich ins Telefon. Und scheint zum Abschied noch einen Kuss an das Gespräch zu hängen.

„Jonas, mit wem hast du da telefoniert?“

Jonas schaut mich unschuldig an.

„Ach, ich habe da vor ein paar Tagen ein Mädel in unserer Stammkneipe getroffen. Sie hat eine kleine Werkstatt mit ihrem Ex-Freund gehabt und der Trottel hat sie betrogen und die Werkstatt verzockt. Ihr werdet sie bald kennenlernen, sie kommt nachher vorbei, um sich die Wracks mal anzusehen.“

„Jonas, das ist ja großartig. Du hast jemanden kennengelernt?“ Lena umarmt Jonas. Ich wundere mich immer wieder über die selektive Wahrnehmungsfähigkeit von Frauen.

Eine Stunde später haben Lena und ich den Rest des Baums aus dem Porsche herausoperiert. Der Schaden ist tatsächlich geringer als gedacht.

Die Vorderachse hat nichts abbekommen, nur die Stoßstange, die Frontmaske und die Kofferhaube sind

98

hin bzw. lädiert. Die hinteren Radläufe scheinen nicht mehr existent zu sein, aber sowas gibt's ja nachzukaufen. Ein bisschen Schweißen, Dengeln und Polieren und in ein oder zwei Jahren ist das wieder ein ansehnliches Auto, denke ich so bei mir.

In diesem Moment klingelt Jonas' Handy. Er lässt alles fallen, was er in der Hand hat und fischt das Telefon aus seiner Hose.

„Fahr ums Schloss rum auf die große Garage zu, dann siehst du mich winken." sagt er, während er eins der Hallen Tore entriegelt und mit meiner Hilfe öffnet.

Kaum ist das Tor auf, rollt langsam ein alter Magirus-Feuerwehrgerätewagen in die Halle. Die Fahrertür öffnet sich und heraus springt eine zierliche Frau im Blaumann mit blondem Bürstenschnitt. Sie gibt Jonas einen langen Kuss und kommt dann mit ausgestreckter Hand auf Lena und mich zu.

„Hi, ich bin Pauline. Jonas meinte, ihr könntet ein bisschen Hilfe beim Restaurieren gebrauchen?"

„Hallo, ich bin Lena, das ist Mark. Ja, wie du siehst, haben wir hier ein oder zwei schwierige Fälle. "

Dabei deutet Lena auf den Porsche und den Schwimmwagen. Pauline geht um die beiden Fundstücke herum, ruckelt hier, klopft da und kommt dann wieder zu uns.

„Gibt's hier irgendwo eine Hebebühne und Starkstrom? Ein Schweißgerät hätte ich dabei. "

Jonas schaut Pauline an.

„Du kannst uns helfen? Und du hast Zeit?"

Pauline schaut Jonas tief in die Augen. Ich schaue beiden fasziniert zu. Man kann förmlich zusehen, wie sich hier eine Freundschaft fürs Leben entwickelt.

„Natürlich helfe ich euch. Die beiden Schätzchen hier kriegen wir schon wieder hin. Und wenn du mir ein bisschen zur Hand

gehst, verbinden wir das Angenehme mit dem Nützlichen. Und da mein Ex gerade meine Werkstatt verzockt hat, habe ich eh derzeit keine Bleibe."

Lena wendet sich an Jonas.

"Jonas, Mark, das wäre der richtige Moment, um darüber nachzudenken, wie wir den Rest des Schlosses bewohnbar kriegen. Dann könnte Pauline auch hier wohnen."

Pauline schaut zu Lena.

"Kein Problem, mein Werkstattwagen ist komplett eingerichtet. Wenn ich hier in der Halle stehen kann, reicht das schon."

Jonas grinst über das ganze Gesicht.

"Nicht nötig, die Damen. Lena, wir waren hier nicht untätig, mittlerweile sind noch ein paar Zimmer mehr bewohnbar. Ich habe nur auf dich gewartet, um zu fragen, in welchem Trakt du mit Mark residieren willst. Ich würde dann eins der anderen Zimmer nehmen. Und für Pauline wäre auch noch Platz."

Ich stehe staunend in der Gegend rum.

"Na, Jonas, du verlierst ja nicht viel Zeit."

Jonas und Pauline sehen mich an.

"Wenn's passt, dann passt's!"

Jonas wendet sich an Pauline.

"Komm, ich zeige Dir die zweite Garage, ich glaube, da finden wir eine Hebebühne. Den Starkstrom legen wir einfach hin, falls er noch nicht anliegt."

Ich stehe immer noch staunend in der Gegend herum. Eben war mein Kumpel Jonas noch Single und wollte einen prähistorischen Rechner retten, jetzt plant er, mit einer Automechanikerin zusammenzuziehen und eine Werkstatt für sie einzurichten.

"Und was wird mit dem Zuse?" rufe ich ihm nach.

"Darüber reden wir beim Abendessen."

Ich zucke mit den Schultern und denke mir, was soll's, dank Zeitmaschine haben wir eins sicher im Überfluss und das ist Zeit. Soll Jonas erst einmal seine neue Beziehung pflegen. Ich schaue mir mit Lena zusammen solange einmal das Schloss genauer an, um zu planen, wo und wie wir wohnen. Auf dem Weg zurück zum Schloss schließt sich uns MK Zwo an, der einmal wieder unter Beweis stellt, wie gut er sich mit Essenszeiten auskennt.

Lagebesprechung beim Abendessen

Mittlerweile sind auch Liv und Laetitia aus ihrem neuen Domizil zu uns gestoßen. So langsam wird es voll in der Küche, denke ich. Mittlerweile sind wir hier zu sechst, es wird langsam Zeit, das Esszimmer in Betrieb zu nehmen. Und den Männeranteil zu erhöhen wäre auch nicht schlecht. Jonas und ich sind hier stark in der Minderheit, selbst wenn ich MK Zwo noch mitzähle.

Zumindest auf die Qualität des Essens scheint sich das positiv auszuwirken. Ich weiß gar nicht mehr, wann ich das letzte Mal Fastfood gegessen habe. Seit Lena, Liv und Laetitia dabei sind, halten mich alle irgendwie vom Kochen ab und teilen den Job lieber unter sich auf. Heute war Jonas an der Reihe und es gibt leckere gefüllte Zucchini.

Nachdem wir Pauline in der Runde vorgestellt haben, fängt die Planung der nächsten Schritte an. Unterbrochen nur von einigen Rückfragen seitens Pauline, denn auf die Zeitmaschine und die ultrageheimen Kammern unter dem See samt Inhalt hatten wir sie noch nicht vorbereitet.

„Hey, könnten wir die Zeitmaschine in Karlchen nicht nutzen, um meinen Ex davon abzuhalten, meine Werkstatt zu verzocken?"

„Naheliegender Gedanke, liebes Paulinchen, aber so leider nicht umsetzbar." schaltet sich Jonas ein.

„Man kann nichts ändern, was einem in der Vergangenheit schon passiert ist."

Wir anderen stimmen ein.

„Temporales Paradoxon."

Jonas fügt hinzu: *„Deine Werkstatt holen wir uns auf anderem Weg zurück. Und Dein Ex wird sich noch umschauen, was ihm computerabrechnungstechnisch noch so alles passiert. Das ist ein Versprechen!"*

Ich sehe Jonas an und sehe in seinen Augen dieses Funkeln. Das hatte er auch drauf, als er damals einen unserer Konkurrenten aus dem Netz geräumt hat. Buchstäblich. Der hatte den Fehler gemacht, bei uns zu klauen und das auch noch schlecht.

Der Code, den er benutzte, trug sogar noch unsere Kommentare und Firmenbezeichnung. Eine Nachtsitzung von Jonas später gab es den Konkurrenten im Netz nicht mehr. Selbst Suchen in der Netzhistorie führten ins Leere.

Und wie überrascht unser Konkurrent erst war, dass er nicht mal mehr Zugang zu seinem Büro hatte und übers Wochenende allen seinen Mitarbeitern mit großzügigen Abfindungen gekündigt hatte. Natürlich auf seine Rechnung.

Genau diesen Blick hat Jonas jetzt wieder. Paulines Ex tut mir fast leid. Nach einem Blick zu Pauline tut mir allerdings auch Jonas fast leid.

Sie schaut ihm tief in die Augen.

„Danke, liebster Jonas für die Erklärung. Und wenn du mich noch ein einziges Mal Paulinchen nennst, werden Dinge passieren, die du lieber nicht erleben willst."

Jonas zuckt bei dieser Ankündigung etwas zusammen und nuschelt.

„Tschuldigung, kommt nicht wieder vor."

Pauline lächelt ihn an.

„Na dann..."

Ich nicke Jonas kurz zu.

„Okay, zurück zum Planen. Wir haben Lenas Porsche, den Pauline unter unserer tätigen Mithilfe wieder schön macht. Jonas

möchte die Zuse Z3 retten. Liv möchte Kunstwerke retten, hat aber noch nicht spezifiziert, welche. Lena will darüber hinaus die Bibliothek von Alexandria retten, wir wissen aber noch nicht wie und wohin damit. Laetitia, Pauline, was würdet ihr gern erhalten?"

Pauline denkt kurz nach

„Den ersten Benz Motorwagen."

Laetitia geht die Sache etwas größer an.

„Die Do X!"

„Ist die nicht kurz vor Kriegsende ungefähr dort in Schutt und Asche bombardiert worden, wo heute der Berliner Hauptbahnhof steht?" frage ich. Laetitia nickt.

„Aber wie cool wäre es, dieses Riesenflugzeug wieder am Himmel zu sehen. Und Jonas' Zuse ist doch auch zerbombt worden. Wenn wir die retten können, müsste das doch auch mit der Do X gehen."

Naja, etwas größer ist die schon, liegt mir auf der Zunge. Aber Laetitia hat schon recht, wenn wir das Problem für die Zuse Z3 gelöst haben, sollten wir es für die Do X adaptieren können. Wenn ich nur genauer verstehen würde, wie der Flux-Kompensator funktioniert. Oder auch nur, was er kompensiert.

Wenn man mit dem Ding die Zeit variieren kann, variiert man doch automatisch den Ort mit. Wenn ich die Zeit jetzt mal festhalten würde und nur den Ort variiere? In dem Moment summt es mal wieder in meiner Hosentasche.

Lies das verdammte Handbuch! schreibe ich mir mal wieder selbst als SMS. Stimmt, ich habe ja noch das ePaper, das ich mir zusammen mit dem Flux-Kompensator geschickt habe. Ob da wohl auch drinsteht, wie weit in die Vergangenheit man reisen kann? Es summt schon wieder.

Ja, RTFM

Ich wende mich an die Planungsgruppe.

„Wie es scheint, kann man den Flux auch für Ortsveränderungen ohne Zeitverschiebung nutzen. Ich müsste da mal was im Handbuch nachschlagen. Wenn das geht, schlage ich vor, mit der Z3 anzufangen und uns dann dem Projekt Do X zuzuwenden."

Die Planungsgruppe nickt zustimmend, nur MK Zwo enthält sich, er schläft schon wieder, diesmal auf Paulines Schoß.

„Kann ich mir mal die Fahrzeugsammlung im Untergeschoss ansehen?" kommt von ihr.

„Und ich würde mir gern die alten Vögel im zweiten Untergeschoss ansehen." ergänzt Laetitia.

„Ich suche mal nach Unterlagen über den Zweck der ganzen unterirdischen Anlage." meldet sich Jonas zu Wort.

Und Lena setzt dazu

„Dabei will ich mithelfen."

Super, dann sind ja alle beschäftigt, während ich die Anleitung lese.

Bevor ich damit starten kann, muss ich hier allerdings noch klar Schiff machen. Die anderen sind alle raus gestürmt und für mich bleibt wieder der Aufräumdienst.

Danach mache ich es mir in der Bibliothek in einem alten Ohrensessel bequem. MK Zwo kommt hereingeschlendert und springt zielsicher auf meinen Schoß, wo er sich einrollt und weiter chillt.

Ich studiere die Anleitung. Tatsächlich, hätte ich weitergeblättert, hätten wir uns so manchen Weg mit den Autos sparen können. Schaltet man die Anzeige von Datum auf Ort um, kann man Geokoordinaten eingeben. Wie einfach ist das denn? Wieder summt es in meiner Hosentasche. **Damned fool proofed, natürlich**

Echt jetzt Mark, ich brauche nicht ständig diese SMS aus der Zukunft. Habe ich in der Zukunft nichts Besseres zu tun als mein früheres Ich zu nerven? Es summt wieder. *Doch, aber den Job, Dir selbst die nötigen SMSe zu schicken, hast du an mich, Deine KI outgesourced.*

Manchmal frage ich mich, will ich diese Zukunft tatsächlich erleben.

In diesem Moment kriege ich noch eine Nachricht, diesmal von Jonas.

Komm mal schnell runter ins Untergeschoss. Lena und ich haben was Interessantes gefunden.

Interessante Fundsachen

Auf dem Weg zu Jonas und Lena komme ich an Pauline vorbei, die aussieht, als hätte man sie ins Schlaraffenland versetzt.

„Was habt ihr mit diesen Schlitten vor?" fragt sie mich vom Fahrersitz des Horch 850.

„Instandsetzen, fahren, ausstellen, würde ich sagen. Wenn was doppelt ist, könnte man auch was verkaufen." antworte ich im Vorbeigehen.

„Weißt Du, wo ich Lena und Jonas finde?"

Pauline weist in die hinterste Ecke in Richtung Schloss, in der wir bislang noch nicht waren. Ich gehe in die Richtung und sehe den Lichtschein von Taschenlampen in so etwas wie einem verglasten Büro. Als ich zu den beiden stoße, studieren sie gemeinsam gerade ein altes Notizbuch.

„Mark, das ist der Hammer! Wenn die Aufzeichnungen hier stimmen, ist das kein Nazi-Stützpunkt gewesen, sondern ein getarnter alliierter Agentenstützpunkt. Aber so gut gemacht, dass selbst gelegentlich vorbeikommende Wehrmachtsangehörige das hier für eine geheime Anlage des SD gehalten haben. Unglaublich." Jonas ist ganz aus dem Häuschen.

„Das schreibt die Geschichte um."

Ich hebe warnend die Hand.

„Vorsicht mit solchen Thesen, erinnere dich an die Hitler-Tagebücher. Bevor wir mit so etwas an die Öffentlichkeit gehen, sollten wir uns Hilfe beim Recherchieren holen. Und ich glaube, ich weiß auch, wen wir da fragen können. Erinnerst du dich noch an Harry Bee?"

Jonas nickt.

„*Klar, der abgefahrene schottische Bienenzüchter. Lebt der nicht mit seinem Freund zusammen irgendwo südlich von Berlin?*"

Jetzt nicke ich.

„*Genau, Sam und er haben einen alten Hof irgendwo östlich von Zossen. Und beide sind studierte Historiker. Die können uns vielleicht weiterhelfen oder uns jemanden empfehlen.*"

Lena sieht uns beide zweifelnd an.

„*Und könnt ihr denen trauen, dass sie die ganze Sache nicht sofort an die große Glocke hängen und wir hier in kürzester Zeit vor Reportern nicht mehr wissen wo hin?*"

Jonas beruhigt Lena.

„*Harry und Sam sind okay. Wenn die hätten berühmt werden wollen, hätten sie schon mehrfach Gelegenheit dazu gehabt. Außerdem kennen wir Harry schon seit fast 30 Jahren und er ist ein Kumpel, ehrlich und verlässlich wie ein Schweizer Messer.*"

Lena zuckt mit den Achseln.

„*Na dann mal los. Ich bin sehr gespannt, was die beiden über diese Anlage herausbekommen. Wenn das mit den Alliierten stimmt, hat mein Opa davon ja vielleicht auch gewusst.*"

Auf dem Rückweg kommen wir wieder an Pauline und dem Horch vorbei.

Pauline ist halb unter der geöffneten linken Motorhaube verschwunden.

„*Wenn ich mich nicht sehr irre, braucht der hier eigentlich nur eine neue Batterie. Der Motor dreht einwandfrei. Zur Sicherheit neues Öl rein und dann könnten wir mal einen Startversuch machen. Helft ihr mir, ihn nach oben in die Halle zu schieben?*"

Zu viert kriegen wir den schweren Wagen gerade so auf die Fahrstuhlplatte geschoben. Oben angekommen, zeigt sich erst die ganze Pracht dieser alten Luxuslimousine. Im Licht der Sonne, die durch die Hallenfenster scheint, sieht der alte Horch wirklich imposant aus. Pauline ist schon auf dem Weg zu ihrer Feuerwehr und überlässt es uns, den Wagen zu ihr zu schieben. Kaum sind wir bei ihr angekommen, hebt sie eine große Batterie aus einem Seitenfach der Feuerwehr.

„Hier, die könnte passen."

Pauline schließt die neue Batterie an, die tatsächlich ungefähr passt. Als nächstes kramt sie eine Plastikwanne aus der Feuerwehr und schiebt sie unter den Motorblock des Horch. Drei Handgriffe später läuft zähes altes Motoröl in die Wanne. Ein Wunder, dass das nach 80 Jahren noch flüssig ist, denke ich bei mir. Gefühlte fünf Liter neues Motorenöl später ist es an Jonas und mir, den fünf Liter großen Achtzylinder mehrmals durchzudrehen, damit sich das neue Öl auch schön verteilt.

Dann klettert Pauline auf den Fahrersitz, schaut nochmals kurz zu uns rüber, zwinkert, lächelt und dreht den Zündschlüssel.

Der Starter greift, die Kurbelwelle dreht sich, die ersten Zündungen einzelner Zylinder mehren sich. Erst nur vereinzelt, dann immer mehr und nach zwei Minuten läuft der fast 80 Jahre alte Motor fast schon reibungslos. Pauline steigt aus, horcht am Motor, nickt wissend und ruft ins Getöse der gelegentlichen Fehlzündungen: *"SO, NUR NOCH KURZ DIE ZÜND-KERZEN SÄUBERN..."*

Wir nicken und verlassen die Halle. Draußen zücke ich mein Handy und rufe Harry an.

„Kommt einfach mal bei uns vorbei und schaut euch an, was wir hier gefunden haben. Wir könnten eure professionelle Expertise gebrauchen."

„..."

„Okay, dann bis morgen. Und viel Erfolg beim Honigschleudern. Bringt uns ein Glas mit. Kommt ihr rechtzeitig zum Tee?

„..."

„Ja, ich weiß, dass du Schotte und kein teetrinkender Sassenach
bist. Ich weiß aber auch, dass Samuel und du durchaus der briti-
schen Lebensart anhängen. Also dann bis morgen.“

Jonas schaut mich an

„Na, hat Harry wieder den unbeugsamen Highlander gegeben?“

Ich nicke

„Ja, wie üblich. Aber sie kommen uns morgen besuchen und sehen sich unseren Fund einmal an.“

„Jut, wie auch immer, Zeit für ein nettes Feierabendbierchen.“

„Jonas, da hast du recht. Und ich denke, du willst ja wohl auch
auf Pauline warten, oder?“

Wir sitzen gemütlich in der Bibliothek und wollen gerade anfangen, unseren nächsten Einsatz zu planen.
Plötzlich ertönt eine sonore Hupe. Jonas schaut aus
dem Fenster.

„Du wirst es nicht glauben, aber draußen steht der Horch mit
Pauline am Steuer. Die kriegt scheinbar wirklich alles zum Laufen.“

„Tja, dich hat sie ja auch wieder ans Laufen bekommen.“

„Und wie.“ grinst Jonas.

„Hol Lena und kommt mit raus. Wir machen eine Spritztour.
Da fällt mir was ein. Wäre das Ding nicht die Lösung für unser
Transportproblem anno 44?“

„Das sage ich Dir, wenn ich weiß, wie er sich fährt.“

Der Grund

Nach einer ziemlichen ausgedehnten Spritztour, in der Pauline den alten Horch sogar noch beweisen lässt, wie autobahntauglich er noch ist und einer kurzen Nacht sitzen Lena, Jonas und ich wieder in der Bibliothek und planen die Rettung der Zuse Z3. Jonas ist als Auftraggeber und Zuse-Spezialist dabei, Lena als Zeitzeugin und ich als Senior-Temporanaut. Man könnte natürlich auch sagen, Pauline bastelt lieber am Porsche und Liv und Laetitia gehen ihrer jeweiligen Arbeit nach. Bleiben vorerst nur wir drei Unbeschäftigten, um Pläne zu machen. Würde auch stimmen, klingt aber nicht so interessant.

Ich fange damit an, die aus meiner Sicht zu lösenden Probleme aufzuzählen.

„Nummer eins, wir brauchen einen Stadtplan von Berlin anno 1944. Und zwar einen, auf dem eingezeichnet ist, welche Straßen befahrbar sind.

Nummer zwei, wir brauchen sehr original aussehende Klamotten. Entweder Uniformen oder irgendetwas, was nach SD oder Gestapo aussieht.

Nummer drei, wir müssen lernen, uns notfalls auch wie die zu geben, die wir darstellen.

Nummer vier, wir brauchen auch einen ziemlich genauen Zeitplan. Wann war der Bombenangriff? Welche Fläche war betroffen. Wir müssen schließlich hin und wieder zurück zu unserem Unterschlupf.

Das bringt mich zu Problem Nummer fünf. Wir brauchen einen sicheren Unterschlupf in oder in der Nähe von Berlin. Dort müssen wir für mindestens 24 Stunden unentdeckt bleiben können.“

Ich schaue in die Runde.

„Habe ich irgendein Problem vergessen?“

„Hast du eine Idee, wie wir einen Kleiderschrank-großen Re-laisrechner aus dem Haus kriegen sollen?“ wirft Jonas meine schöne Problemkette über den Haufen. Ich runzele die Stirn.

„Nö, also alles auf Anfang. Wie kriegen wir die Z3 aus dem Haus?“

„Ich dachte, wir machen einfach den Flux daran fest und bea-men uns irgendwo hin.“ kontert Jonas.

Jetzt bringt Lena einen nicht ganz unwichtigen Beitrag.

„Das sollten wir dann unbedingt vorher mal ausprobieren. Oder was meint ihr?“

Wir nicken. Jonas zückt sein Handy, nimmt sich den GPS-Verlaufstracker vor und schlägt vor, doch einfach mal mit Karlchen über den See in den leeren Hangar zu springen. Die Idee gefällt Lena und mir. Also machen wir uns sofort auf in die Garagenhalle.

Pauline schaut kurz vom Porsche hoch, der mittler-weile keine Nase mehr hat. Dafür liegt aber schon eine neue Frontmaske neben der Feuerwehr. Auch die Rad-läufe hinten sind schon weg.

„Paulin...e, wir probieren kurz mal was mit Karlchen aus.“ Jonas stockt etwas. Beinah wäre ihm das Unaussprechli-che *Paulinchen* über die Lippen gekommen. Pauline hat schon die rechte Augenbraue gehoben, grinst ihn dann aber an.

„Na, gerade nochmal gut gegangen. Braucht ihr meine Hilfe?“

Ich habe plötzlich eine Idee.

„Hast du Dein Handy dabei? Dann könntest du filmen, was passiert.“

„*Ja, aber ich habe noch was Besseres. Die Feuerwehr hat ein paar eingebaute Actioncams für meine Internetvideos. Moment, ich schalte mal ein.*“

Pauline kramt in ihrem Blaumann und zückt ihr Handy. Drei Handgriffe später hupt die Feuerwehr kurz.

„*So, das ist der Aufnahmewarnton. Ab jetzt wird diese Halle gefilmt.*“

Lena, Jonas und ich sind schon zu Karlchen unterwegs.

„*Wer macht den Versuch?*“ frage ich.

„*Ich will auf jeden Fall mit.*“ sagt Jonas.

„*Und ohne mich wirst du den Versuch nicht machen.*“ verkündet Lena.

Na gut, der Platz reicht ja. Jonas krabbelt auf den Rücksitz und diktiert Lena die Koordinaten. Ich checke noch mal, dass der Flux auch tatsächlich auf **Ortsveränderlich** steht. Alles stimmt. Lena schaut in die Runde. Jonas nickt, dann ich. Lena drückt beherzt den Knopf.

fump

Von einer Sekunde zur anderen stehen wir plötzlich im Hangar. Jonas‘ Handy klingelt. Pauline ruft an und fragt, wo wir plötzlich geblieben sind.

„*Moment, ich schaue mal nach. Unsere GPS-Koordinaten behaupten, dass wir auf der anderen Seeseite im Hangar sind. Sieht auch tatsächlich so aus. Wahnsinn, es hat tatsächlich funktioniert. Ist unser Startplatz noch leer?*“

„*Ja, wer sollte denn dort jetzt sein?*“

„*Besser niemand, denn wir kommen jetzt zurück.*“

Lena drückt auf den Return-Knopf des Flux. Der Knopf leuchtet grün. Also kostet eine Ortsveränderung wesentlich weniger Energie als ein Zeitsprung. Interessant.

fump

Wir stehen wieder da, wo wir gestartet sind. Pauline schaut uns an, wir grinsen alle drei zurück. Es hat funktioniert. Wir können etwas über Entfernung in Null Zeit transportieren. Und der Flux leuchtet immer noch grün.

Die Feuerwehr hupt, das heißt, Pauline hat die Aufnahme gestoppt. Wir gehen zum Magirus und quetschen uns alle vier ins Führerhaus. Gemütlich hat sie es sich hier schon eingerichtet. So ein bisschen Bootsromantik kommt mit dem ganzen Holz hier im Inneren der Feuerwehr auf.

Pauline startet die Wiedergabe und zoomt auf Karlchen. Man kann sehen, wie wir einsteigen und plötzlich, ohne irgendeinen Übergang, ist Karlchen einfach weg. Pauline taucht im Bild auf und telefoniert. Und plötzlich ist Karlchen wieder da. Jonas runzelt die Stirn.

„Das widerspricht jedem physikalischen Gesetz, das mir in der Schule und im Studium eingetrichtert wurde.“

Ich zucke mit den Schultern.

„Aber es funktioniert.“

„Aber was passiert, wenn da schon etwas ist, wo wir materialisieren wollen?“

„Ehrlich gesagt, Jonas, habe ich darauf auch keine Antwort. Nur einen Hinweis. Da, wo wir eben hin materialisiert sind, war jeweils schon etwas. Und zwar Luft mit einem Druck von einem bar oder 101,325 Hektopascal. Und wir konnten trotzdem materialisieren.“

Jonas nickt nachdenklich.

„Stimmt eigentlich. Es macht mich nur nervös, nicht zu wissen, warum. Wollen wir jetzt mal testen, ob es auch ohne Karlchen funktioniert?“

„Was wollen wir stattdessen testweise transportieren?“

Lena deutet auf die Reste der Porschefront.

„Wie wäre es damit?“

Ich nicke, löse den Flux-Kompensator aus Karlchens Handschuhfach und biege eine Schlaufe aus einem von Paulines Schweißdrähten. Die Schweißdrahtschlaufe mache ich am Flux fest. Den wiederum mache ich am Porscheschrott fest. Einladend deute ich auf die Schlaufe.

„Alle, die mitwollen, bitte einmal hier anfassen."

Pauline zückt ihr Handy, die Feuerwehr hupt, dann greifen wir alle vier nach dem Draht. Jonas drückt den Knopf und **fump** stehen wir alle im Hangar. Ich lösen den Flux vom Schrott und drücke den Knopf für die Retoure und **fump** stehen wir ohne den Schrott wieder in der Garage. Das heißt Lena und ich. Pauline und Jonas fehlen. Dann klingelt mein Handy.

„Jonas, wo seid ihr?"

„Noch im Hangar. Ihr seid zurückgesprungen, während Pauline und ich uns gerade küssen wollten. War schließlich ihr erster Sprung."

„Sollen wir euch holen?"

„Nee, lass mal, wir kommen zu Fuß."

Lena und ich sehen uns an. Lena zuckt mit den Schultern und deutet Richtung Schloss. Stimmt eigentlich ist es fast Zeit für einen Kaffee.

Von Schotten und Bienen

Kaum sind wir wieder am Schloss, hält ein alter Land Rover quietschend vor uns. Das kann nur Harry sein. Obwohl er schon seit der Wende hier im Berliner Umland lebt, hält er wenig bis nichts davon, ein Fahrzeug von der linken Seite aus zu steuern. Er behauptet standhaft, ihm würde schlecht, wenn er versuchen würde, ein Auto von der „falschen" Seite zu lenken.

Seit ich ihn kenne, macht er Deutschlands Straßen mit seinem rechtsgelenkten alten Land Rover unsicher. Wobei ich mir nicht einmal sicher bin, der wievielte Landy das wohl ist. Die rechte Fahrertür öffnet sich und heraus tritt Dr. Harold Ian McBuzz, Schotte, Historiker mit dem Schwerpunkt 19. und 20. Jahrhundert und Hobby-Imker aus Passion. Seinen Spitznamen Harry Bee verdankt er genau diesem Hobby. In seinen schottischen Trousers und mit Shetland-Pullover, Vollbart und wilder grauer Mähne wirkt er trotz seiner nur knapp 160 cm Körperlänge wie die Urform des schottischen Jagdaufsehers.

Auf der in diesem Fall linken Beifahrerseite kommt sein Freund und angetrauter Ehemann Dr. Samuel Thorbjœrn Beck, kurz Sam, zum Vorschein. Schlank, ungefähr 1,90 groß, mit schütterem Haar, das langsam von Blond zu grau wechselt. Sam ist ebenfalls Historiker und hat einen Hang zur technischen Archäologie. Er nennt es experimentelle Archäologie, wenn er wieder mal mit seinem Tribok, einem mittelalterlichen Katapultnachbau, waschmaschinengroße Felsbrocken auf ihrem gemeinsamen Grundstück herumschleudert.

"Mark, how do you do? Und wer ist Deine überaus charmante Begleiterin?"

Harry wendet sich zu Lena, nimmt ihre Hand und hält sie sich knapp vor die Lippen, ganz schottischer Gentleman.

"Hello, I am Harold McBuzz. I am delighted to meet you. Please call me Harry. And may I introduce you to my husband Samuel."

Lena genießt den Auftritt der beiden sichtlich.

"Hello Harry, it is a pleasure to meet you. Call me Lena. And I am very happy to welcome Samuel and you to Prodrow Castle."

Ich unterbreche die feierliche Szene.

"Harry, Sam, schön das ihr kommen konntet, wir haben da was gefunden, dass solltet ihr euch ansehen."

Lena geht voran und wir gehen quer durch das Gebäude auf die Garagen zu. Harry bleibt mit mir etwas zurück.

"Sag mal, habt ihr hier nicht damals geheiratet, Hilde und Du? Wo ist sie eigentlich und woher kommt plötzlich Lena? Und wie steht ihr zueinander?"

Sieh an, denke ich, wenn er will, kann der alte Schotte auch fließend deutsch.

"Harry, woher Lena kommt, ist eine längere Geschichte, für später vorgemerkt. Hilde und ich haben tatsächlich hier geheiratet, aber wem erzähle ich das, ihr wart ja dabei. Und Hilde hat mich verlassen, um zu ihrem Marketing-Fuzzi nach Wuppertal zu ziehen. Hatte ich das nicht erwähnt?"

"Und? Was ist mit Lena?"

Harry lässt nicht locker.

"Harry, Lena und ich leben hier zusammen. Wenn du mehr wissen willst, frag sie selbst."

Bevor Harry weiter nachbohren kann, sind wir in der Garage. Sam und Harry schauen sich um.

*„Ehrlich, Mark, entgegen anderslautender Gerüchte sind Ga-
ragenkomplexe des dritten Reichs für Historiker gar nicht so
spannend.“*

„Sam, warte, bis wir euch zeigen, was hier drunter ist.“

Wir stehen auf der Fahrstuhlplatte. Lena betätigt den
Schalter in der Tür und stellt sich dann zu uns. Ein paar
Augenblicke später sind wir unten angekommen. Wir
schalten die mitgebrachten Taschenlampen ein und drücken den beiden desinteressierten Historikern jeweils
eine in die Hand.

*„Macht euch am besten selbst ein Bild. Und schaut euch beson-
ders das Büro dort hinten an, vielleicht findet ihr ja doch etwas,
das euch interessiert...“*

Ich deute Richtung Schloss, wo man schwach das alte
Büro an der Rückwand der Flugzeuggruft sehen kann.

Harry steht wie vom Donner gerührt vor der Spitfire.

„Are you kidding me? Sind die alle echt?“

*„Findet es heraus, wenn ihr wollt. Wir haben all das hier vor
ein paar Tagen zufällig entdeckt. Behaltet es bitte vorerst für euch.
Wenn ihr wollt, ist das euer neues Forschungsprojekt.“*

Bevor Harry etwas sagen kann, legt Samuel ihm eine
Hand auf die Schulter.

*„Lena, Mark, ja, wir übernehmen den Forschungsauftrag.
Danke, dass ihr an uns gedacht habt. Lasst uns nur machen.
Und bevor etwas veröffentlicht wird, planen wir gemeinsam, was
und wie. Versprochen!“*

Wir weisen die beiden noch kurz in die Benutzung des
Fahrstuhls ein, dann machen wir uns wieder auf den
Weg zum Schloss.

Historische Fakten

Ein paar Stunden später sitzen Lena und ich schon beim Abendessen, als Pauline und Jonas in die Küche kommen.

„Na, verlaufen?"

„Nee, kleines Sightseeing durch die Unterwelt eingelegt. Harry und Sam kommen auch gleich noch vorbei. Konnten sich kaum von ihrem neuen Forschungsobjekt trennen."

Mit einem leisen Quietschen öffnet sich plötzlich ein Spalt neben der Küchentür. Die komplette Wand neben der Küchentür verschwindet langsam in der Seitenwand. Heraus treten Harry Bee und sein Freund Sam. Beide staubig und voller Spinnweben, aber fröhlich in die Runde blickend.

"Good evening, Ladies and Gentlemen."

„Harry, Sam, schön dass ihr es einrichten konntet. Tee?"

"That would be lovely, my dear friend."

Tja, Harry und ich nehmen uns eben nichts beim Understatement und dem Ausleben einer gehobenen Lebensart. Während ich den Tee aufsetze, fängt Sam an zu berichten.

Wie schon von uns vermutet deutet alles, was Sam und Harry bislang durchgearbeitet haben, darauf hin, dass es sich bei unserem Untergrundfund um eine getarnte Anlage der Alliierten gehandelt hat. Von hier aus wurde die alliierte Spionagetätigkeit in Berlin koordiniert. Und das unter Mithilfe des deutschen Untergrund-Widerstands. Und der Deckmantel war genial gewählt. Mittels einiger Kontaktleute oder besser Maulwürfe in SD und Gestapo wurden beiden Diensten vorgespielt, dass es sich hier in Prodrow um eine dritte ultrageheime

Geheimdiensteinrichtung handelt. Es wurden vermeintlich sogar Unterstützungsdienste für die beiden anderen Dienste geleistet. Dazu dienten die englischen und amerikanischen Flugzeuge, die wir fanden.

„Und wozu sind die ganzen Rennwagen und Protzkarossen nötig gewesen?" frage ich die beiden Historiker.

„Well, Mark, das haben wir noch nicht hundertprozentig klären können, aber it looks like a Spleen des Stützpunktkommandanten." erwidert Harry.

„Und, muss die Geschichte jetzt schon wieder umgeschrieben werden?" fragt Jonas in leicht gelangweilt-genervtem Ton. Sam beruhigt ihn.

„Nee, keine Angst. Das hier sind ja keine gefälschten Hitler-Tagebücher. Aber wenn wir das, was wir bislang herausgefunden haben, belegen können, klärt das ein paar Ungereimtheiten. Und über diese Ungereimtheiten diskutieren wir Historiker schon seit langem."

„Okay Mark, dann können wir ja..."

„...endlich den Tee trinken."

Bevor Jonas sich verplappern kann und unseren beiden Vollblut-Historikern aus Versehen die Existenz einer Zeitmaschine verraten könnte, rufe ich lieber zu Tee und Scones. Das ging gerade noch mal gut.

„So. genug geplaudert, wie kommt ihr beide hier so geheimnisvoll in unsere Küche rein?"

Lena hat diese männliche Coolness einfach nicht so drauf, denke ich bei mir. Sagen würde ich sowas natürlich nie, dafür bin ich dann doch wirklich nicht cool genug.

„Ach das ist schnell erklärt."

Wenn Harry so anfängt, könnte es zu einem längeren Monolog ausarten und dann würde der Tee kalt.

„Harry, die Kurzform bitte, der Tee wird sonst kalt."

„Right, Okay, wo war ich. Richtig, Lena, du wolltest wissen, wie wir hergekommen sind. Ganz einfach. Hinter dem Büro unten in die Flugzeughalle gab es eine sliding door, die geführt hat in the crew quarters. And from da gab es eine secret stairway ins Schloss. And by sheer accident wir sind gelandet in eure Kitchen.“

„Mannschaftquartiere?“

Ich bin gespannt, was wir da unten noch so alles finden.

„Aye, für roundabout 50 Leute. Wir mussten drei Stockwerke die stairway hoch, bis wir bei euch waren. Aber wir haben es uns noch nicht ansehen können, das machen wir nach dem Tee.“

Sam schüttelt den Kopf.

„Harry, Dear, für heute ist es genug. Lass uns nach Hause fahren und das Logbuch weiter durchgehen. Lena, Mark, ist es Okay für euch, wenn wir das Logbuch mitnehmen und eine Kopie davon machen?“

Lena setzt ihr besten Lächeln auf.

„Lieber Sam, lieber Harry, das ist euer Forschungsprojekt. Ich mache euch da bestimmt keine Vorschriften.“

Ich nicke nur zustimmend. Geschichte gehört schließlich allen. Was mich zu einer nicht ganz unwichtigen Frage bringt. Wem gehören eigentlich unsere Funde. Die Frage stelle ich noch kurz zum Abschluss der Teegesellschaft in die Runde.

Sam überlegt kurz.

„Nominell gehören Altertumsfunde immer dem Bundesland beziehungsweise der Bundesrepublik Deutschland. Da es sich hier nicht um Altertumsfunde handelt, sondern **nur** *um Funde aus den Vierzigerjahren des vergangenen Jahrhunderts, gehören sie demjenigen, auf dessen Grund und Boden sie gefunden wurden.“*

Lena schaut überrascht.

„Aber ich will diese Sachen gar nicht besitzen, ich wollte doch nur unseren Familiensitz zurück.“

Sam wendet sich an Lena.

„Nominell gehören sie Dir. Du kannst sie mit deinen Mitfindern teilen. Oder du könntest zum Beispiel eine Stiftung einrichten und alles, was du nicht behalten willst, in diese Stiftung überführen. Das fände ich am smartesten.“

Die Idee gefällt mir. Und offensichtlich auch Lena.

„So machen wir das“ ruft sie aus.

„Jeder darf sich etwas aus unseren Fundsachen aussuchen, den Rest kriegt die Stiftung. Wer weiß, wie man so eine Stiftung einrichtet?“

„Lena, da es mein Vorschlag war, bin ich Dir gern dabei behilflich, genau das herauszufinden. Und Lena, danke!“

Wow, Sam ist ganz gerührt. Und Harry steht auf und wickelt Lena in eine schottische Komplettumarmung ein. Und ich lehne mich zurück und denke darüber nach, wie ich es geschafft habe, diese fabelhaften Freunde um mich zu versammeln.

Pauline stellt ihre Tasse auf den Tisch.

„So, ich gehe noch etwas am Porsche dengeln.“

„Warte auf mich, ich komme mit.“ rufe ich, räume kurz unsere Tassen weg und folge Pauline in die Garage.

Betrachtungen zur Zeit

Als Pauline und ich nach zwei Stunden Porsche-Schrauben wieder im Schloss ankommen, hat Jonas es sich in der Bibliothek gemütlich gemacht. Lena werkelt in der Küche.

„Ich geh duschen. " verkündet Pauline.

Ich geselle mich zu Jonas und spähe auf den Titel des Buches, das er gerade liest. Es ist meine uralte Ausgabe von „Der letzte Tag der Schöpfung". Ein wie ich finde sehr genialer Zeitreiseroman von Wolfgang Jeschke.

Abgesehen von H.G. Wells beziehe ich meine theoretischen Zeitreisekenntnisse hauptsächlich aus diesem Buch. Insbesondere die Probleme, die sich aus Änderungen der Vergangenheit ergeben, sind dort gut durchdacht und beschrieben. Allerdings hatte Jeschke wohl nie die Chance, seine Theorien mit einer echten Zeitmaschine zu verifizieren.

„Und, gefällt Dir mein Lieblingszeitreiseroman?"

„Ja, aber es macht mir auch ein wenig Angst. Was, wenn wir irgendetwas in der Vergangenheit ändern, dass dann unsere Zukunft so ändert, dass wir sie nicht wiedererkennen?"

„Ja, das habe ich mich vor meinem ersten Sprung auch gefragt. Und dann habe ich ausgerechnet Lena getroffen und auch gerettet. Eigentlich sollte sie vom Bus überfahren werden. Stattdessen steht sie quietschfidel in der Küche und backt.

Zumindest einen weniger depressiven Busfahrer haben wir also im Wolfsburg von 1962 hinterlassen. Der hat Lena jetzt nicht überfahren und hat sich danach keine Vorwürfe oder sonstiges gemacht. Willst du meine Theorie dazu hören?"

„Klar. "

Jonas ist ein Freund des kurzen Wortes.

Ich setze also zur Erklärung meiner Theorie an.

„Ich glaube, unsere Zeitlinie ist schwerer zu ändern, als z.B. Jeschke glaubte. Würdest du einen Menschen treffen, der aus der eigenen Vergangenheit stammt und wolltest du drastische Änderungen vornehmen, so würde das nicht funktionieren. Das Schicksal würde dich bremsen. Nenn es zeitlichen Magnetismus. Ja, der Vergleich ist gar nicht schlecht. Du kannst zwei gleiche Magnete nicht mit ihren Polen zusammenbringen. Sie stoßen sich ab. Je näher, desto größer die Abstoßung.

Ich konnte Lena retten, weil ihr Dasein nach dem Unfall keine signifikanten Auswirkungen auf den Zeitstrahl von 1962 hatte. Als Gegenbeispiel, als wir bei der zweiten Zeitreise nach Hannover ins selbe Jahr meine Oma getroffen haben, konnte ich irgendwie nichts sagen. Ich war so erstaunt, sie zu treffen, dass ich ihr nicht hätte sagen können, dass sie ein halbes Jahr später meine Oma wird. Ich war wie blockiert. Temporale Abstoßung in seiner milden Form.“

Jonas überlegt kurz und meint dann:

„Das heißt, egal, was wir anstellen, es wird die Gegenwart, aus der wir kommen, nicht ändern.“

„So ungefähr, das heißt allerdings nicht, dass wir nicht sehr vorsichtig agieren sollten.“

Jonas nickt.

„Okay, als Arbeitshypothese kann ich damit leben.“

„Und zumindest auf unseren Plan mit der Rettung der Z3 hat das auch keine Auswirkungen. Laut allen Quellen, die ich studiert habe, ist sie 1943 zusammen mit dem kompletten Ingenieurbüro von Zuse durch einen direkten Treffer pulverisiert worden.“

„Okay, dann können wir sie in die Zukunft entführen. Auch wenn ich ehrlich gesagt nicht weiß, was du damit willst.“

„Sie kommt in die Stiftung oder besser in die Ausstellung, die ich mir für unsere Stiftung wünsche.“

„Wird aber schwer sein zu erklären, wo sie herkommt.“

124

„*Wir behaupten einfach, sie wäre 1943 heimlich nach Prodrow geschafft worden.*"

„*Tja, ich denke mal, temporale Flunkerei ist nicht verwerflich. Hast du denn schon einen Plan, wie wir es angehen?*"

„*Ja, es fehlt mir nur noch eine passende Location, wo sich der Flux aufladen kann. Im groben sieht mein Plan so aus. Zeitsprung nach 1943 in die noch zu findende Location. Dort 24 Stunden abwarten. Dann zum richtigen Zeitpunkt, also sehr kurz vor dem Bombentreffer ins Ingenieurbüro beamen. Die Z3 mit dem Flux verbinden und sofort ins Versteck zurückspringen. Von dort in die Gegenwart springen.*"

„*Klingt gut. Bleibt die Frage, was nutzen wir als Versteck? Es muss uns für mindestens 24 Stunden Deckung geben, ohne dass irgendwer über uns stolpert, während wir nicht in der Lage wären, zurückzuspringen.*"

Jonas legt die Stirn in Falten.

„*Wie weit gehen eigentlich diese Beamsprünge? Gibt es da eine Entfernungsbegrenzung?*"

Ich stehe auf.

„*Ich hole mal die Anleitung, vielleicht finden wir da ja was darüber.*"

Kurz darauf bin ich wieder in der Bibliothek. Aus der Küche duftet es nach frischem Kuchen. Lena und Pauline sitzen zusammen und diskutieren scheinbar, welche Ausstattung der Porsche dringend braucht.

Jonas blättert in einem alten Straßen Atlas aus der Schloss Bibliothek.

„*Jonas, hier steht, dass die Raumsprünge tatsächlich nur einen winzigen Bruchteil der Energie verbrauchen, den ein Zeitsprung braucht. Hier steht etwas von 0,00001 % je 1000 Kilometer. Das heißt, wenn wir 18 Tausend Kilometer weit springen würden, würde das nur 0,00018 % eines Zeitsprungs an Energie kosten.*"

"*Warum gerade 18.000 Kilometer?*"

„Der Südpol, du Simpel. Ein Ort, wo wir 1943 ungestört sind.“

„Aber auch sehr kalt!“

„Na und? Wir brauchen nicht einmal den Käfer nehmen, denn da uns am Pol keiner sieht, können wir irgendetwas modernes und ausgezeichnet gedämmtes und beheiztes nehmen. Die Russen bauen da ein paar sehr nette, ausgezeichnet gedämmte und unwahrscheinlich geländegängige Gefährte, in denen man es auch einen Tag am Pol aushält und mit denen man auch einen Schrank transportieren kann. Lass uns so ein Ding kaufen, den Flux reinschrauben, zum Pol springen, nach 1943 temporieren, 24 Stunden warten, nach Berlin und zurück beamen, in die Gegenwart temporieren und hierher beamen.“

Klingt wie ein Plan. Wovon bezahlen wir das Gefährt?“

„Wir tauschen einfach gegen irgendwas aus unserer Sammlung oder nehmen etwas von den Goldreserven.“

„Möglicherweise geht das auch billiger. Erinnerst du dich an die Top Gear Folge, in der Jezzer und Captain Slow in einem Toyota Pickup zum Nordpol gefahren sind?“

„Ja, aber der war speziell dafür in Island aufgebaut worden.“

„Okay, also eine bessere Standheizung in so ein Ding rein würde für unsere Zwecke ja schon reichen.“

Ich lege den Kopf schief. Irgendwo hinter meiner Stirn lauert ein Gedanke darauf, gedacht zu werden.

„Brauchen wir denn überhaupt ein Auto? Reicht nicht auch irgendeine Behausung, die uns 24 Stunden warmhält?“

„Du meinst Paulines Feuerwehrwerkstattwohnwagengesamtkunstwerk?“

„Nicht direkt. Wir mieten uns ein wintertaugliches Wohnmobil. Anhänger dran für die Z3. Einmal Pol und Retour und sobald das Ding wieder einigermaßen aufgetaut ist, geben wir es zurück.“

„Genial. Billig, komfortabel, schlicht. So soll ein Plan sein.“

„Also machen wir es so.“

Jonas nickt und beginnt damit, Wohnmobilverleihe mit winterfestem Fuhrpark zu suchen. Ich bestelle uns derweil zwei komplette Sätze polartaugliche Expeditionsklamotten bei www.der-kleine-Entdecker.de.

Pol-Camping

Am nächsten Morgen kommt Jonas etwas spät zum Frühstück. Und er hat sich über Nacht einen Dreitagebart zugelegt. Und eine rote Nase. Pauline ist auch noch nicht da. Frisch Verliebte eben.

„Jonas, was ist mit Dir denn über Nacht passiert? Schnupfen und ein Bartwuchsmittel?"

„Nee Mark, Pauline und ich haben die Z3 geholt. Sie steht in der Garage."

„Du machst Witze. Wie, wann und wieso ohne mich?"

„Naja, im Ernst, wenn ich die Wahl habe, 24 Stunden mit Dir in einem Camper am Südpol zu verbringen oder mit meiner Freundin, fällt die Entscheidung leicht."

Jonas grinst und Pauline, die gerade zur Tür hereinkommt wirft ihm eine Kusshand zu.

„Und meine Feuerwehr wollte schon immer mal zum Nordpol. Und es war gar nicht so kalt, schließlich habe ich eine vorzügliche Standheizung da drin."

„Wieso Nordpol, der Plan war doch, am Südpol zu warten?"
Jonas nickt wissend.

„Ja, aber das war unnötig, am Nordpol war es einsam genug. Und nicht ganz so kalt. Und dank der Polarnacht hätte uns auch dann keiner sehen können, wenn er direkt an uns vorbeigelaufen wäre."

„Und wie lief es?" fragt Lena.

Und Jonas erzählt. Wie sie sich mitten in der Nacht entschlossen haben, den Sprung zu machen. Jeder mit zwei Anoraks übereinander und dicker Thermounterwäsche drunter. Muss total sexy ausgesehen haben. Von den 24 Stunden am Nordpol haben sie einen guten Teil dick eingemummelt auf dem Dach der Magirus Feuer-

wehr beim Polarlichtgucken verbracht. Bis es dazu zu
kalt war. Dann hat sich Jonas allein nach Berlin gebeamt, die Z3 gefunden und ist mir ihr zurück an den
Nordpol gebeamt.

„Hat eigentlich nur fünf Minuten gedauert." berichtet Jonas.
Dann sind die beiden mit der Z3 auf dem Dach wieder
zurück ins Jetzt gesprungen und direkt in die Garage
gebeamt. Gerollt ist die Feuerwehr tatsächlich keinen
Meter.

„Fazit, lieber Mark, Dein Plan hat funktioniert."
Pauline drückt mir einen Kuss auf die Wange. Ich
nehme mir ein Duplo und halte es wie eine Zigarre an
den Mund.

„Ich liebe es, wenn ein Plan funktioniert."
Lena und Pauline sehen Jonas verständnislos an.

*„Mädels, eine von euch ist zu alt, um das Zitat zu verstehen,
die andere ist zu jung. Mark, hör auf, hier den Hannibal Smith
zu geben."*
Ich knabbere das Duplo weg.

„Aber nächstes Mal wäre ich gern wieder dabei."
Jonas nickt.

*„Was die Frage aufwirft, was wir als Nächstes aus der Ver-
gangenheit retten."*

*„Ja, da habe ich auch schon drüber nachgedacht. Mein ur-
sprünglicher Plan, alte Autowracks zur retten, hat ja schon funktioniert, ist aber angesichts dessen, was wir unter dem Schloss
gefunden haben, eigentlich uninteressant geworden. Was ich wirklich gern hätte, ist etwas, wonach alle suchen und was wir den
Menschen zurückgeben können."*

„Wie wäre es mit dem Bernsteinzimmer?" ertönt es aus dem
Flur vor der Küche. Laetitia und Liv kommen gerade
Arm in Arm zu uns herein.

Ich überlege kurz und nicke.

„Das wäre in der Tat ein großartiges Objekt. Alle suchen danach und es ist ein unwiederbringlich verloren geglaubtes Kulturgut."

„Aber es gehört Russland!" wirft Laetitia ein.

„Und an Russland werden wir es auch übergeben, wenn wir es gefunden haben. Das ist gar keine Frage." beruhige ich sie.

„Was bleibt, ist die Frage, wo ist es zuletzt gesehen worden und wie sollen wir herausfinden, wo es steckt?"

Jetzt mischt sich Jonas ein.

„Da habe ich schon ein oder zwei Ideen. Gib mir bei Gelegenheit mal die Flux-Anleitung. Ich glaube, wir können da was basteln. So Peilsendermäßig, wenn du weißt, was ich meine."

„Du meinst, wir holen es gar nicht aus der Vergangenheit, sondern befestigen einen Peilsender dran und finden es im Jetzt? Das würde es uns erlauben, die Existenz unserer Zeitmaschine geheim zu halten. Cool, wenn es funktioniert."

„Mark, wieso zweifelst du immer an meinen Ideen. Hat irgendeine davon jemals nicht funktioniert?"

„Mea Culpa, Jonas. Du hast recht, bis jetzt hat sich jede Deiner Ideen ausgezahlt. Wie willst du die Energie für einen über siebzig Jahre laufenden Peilsender bereitstellen?"

„Gar nicht. Wir machen eine mechanische Zeitschaltuhr dran und lassen das Ding erst in naher Zukunft ein Signal schicken."

„Wo kriegen wir so eine Schaltuhr her? Und was für ein Signal soll abgestrahlt werden?"

„Das sind exakt die Teile des Plans, die ich noch überdenken muss. Lass mich nur machen. Deine Fragen sind gut und wie du weißt, werde ich die passenden Antworten finden."

In dem Moment klingelt es an der Haustür des Schlosses. Draußen steht die Frau vom Paketdienst.

„Ich habe hier etwas für einen Jonas Mörike. Wohnt der hier?"

Jonas sonores *"Jouh"* quittiert die Paketlieferantin damit, dass sie ihr Handheld zückt.

„Wer unterschreibt?"

Nachdem ich quittiert habe, nehme ich das Päckchen und bringe es zu Jonas.

„Keine Ahnung, wer weiß, dass ich jetzt hier zu finden bin. Mal sehen, **wer** *mir da* **was** *schickt.“*

Jonas liest den Absender und schaut mich verdutzt an. *„Ist das jetzt ein Trick von Dir? Angeblich habe ich mir das selbst geschickt.“*

Ich hebe beide Arme.

„Jonas, ganz ehrlich, ich habe damit nichts zu tun. Aber erinnere Dich, wie ich an den Flux gekommen bin. Mach mal auf, was ist denn drin?“

Jonas reißt das Päckchen auf. Zum Vorschein kommt ein Behälter, ganz ähnlich dem, in dem ich den Flux-Kompensator und das Dilithium-Powerpack bekam. Und es hat wieder einen Fingerabdrucksensor. Jonas drückt seinen rechten Zeigefinger drauf und der Behälter öffnet sich mit leisem Zischen. Es leuchtet schwach von Innen. Jonas stellt es auf den Küchentisch und wir alle beugen uns darüber.

Das schwache Leuchten stammt von so etwas wie einem Smartphone. Zumindest ist es rechteckig und besteht hauptsächlich aus einem Display. Auf dem Display ist die Umgebung des Schlosses dargestellt. Und in der Mitte blinkt ein Punkt. Jonas nimmt das Gerät aus dem Behälter.

Darunter kommt ein bernsteinfarbenes Objekt zum Vorschein. Nein, es sind vier bernsteinförmige Objekte. Sie sehen aus wie Ecken eines Rahmens oder so etwas Ähnliches. Darunter scheint so etwas wie ein Brief zu liegen. Ich nehme vorsichtig die vier Bernsteinobjekte aus dem Behälter und fische mir den Brief heraus.

Jonas nimmt ihn mir aus der Hand.

„Tschuldigung, ist ja wohl mein Päckchen.“ sagt er grinsend und vertieft sich in den Brief.

Wir anderen sehen ihn unverwandt an, während er ein gelegentliches **mmh** oder **aha** von sich gibt.

„Okay, Jonas, spann uns nicht länger auf die Folter. Was ist das und woher kommt es?"

Lena ist scheinbar die ungeduldigste von uns.

„Die Lösung des kleinen Problems, dass ich noch lösen wollte. Wie es aussieht, habe ich es mittels einer Zeitschleife gelöst und mir selbst einen temporalen Peilsender geschickt. Genauer gesagt vier temporale Peilsender und einen Detektor."

Wir fangen an, alle durcheinander zur reden.

„Moment mal, nicht alle durcheinander." ertönt es von Jonas.

Ich räuspere mich.

„Ja Mark?"

„Also," setze ich an, *„Du hast Dir selbst aus der Zukunft vier Peilsender geschickt, die aussehen wie Bernstein? Und damit lässt sich Dein Problem lösen? Aber wenn du es erst in der Zukunft löst, wie soll es uns jetzt helfen. Das ist doch unlogisch. Zeitreiseunsinn par excellence!"*

Jonas zuckt mit den Schultern.

„Ist doch Wurst, solange es funktioniert!"

„Und wie soll es funktionieren?"

Und Jonas erklärt es uns.

„Wir reisen so weit in die Vergangenheit, wie nötig und applizieren die vier Peilsender an strategisch wichtigen Punkten im Bernsteinzimmer. Die Peilsender sind so eingestellt, dass sie in zwei Wochen anfangen zu senden. So steht es jedenfalls in der Anleitung. Das heißt, wir müssen innerhalb der nächsten zwei Wochen die Peilsender in die Vergangenheit schaffen.

Am besten nach Leningrad und am besten deutlich vor Kriegsbeginn. Dann wird das Bernsteinzimmer zusammen mit unseren noch inaktiven Sendern 1941 in Leningrad abgebaut und in Königsberg wiederaufgebaut. Und von dort ist es 1945 verschwunden. Und in zwei Wochen sehen wir auf dem kleinen Detektor hier," Jonas hält das Display hoch *"wo das verpackte Bern-steinzimmer gelandet ist. Wir beamen uns hin und überlegen dann, wie wir es der Öffentlichkeit wieder zugänglich machen. Easy, gell?"*

Ich nicke.

"Um es mit Captain Picard zu sagen: Make it so!"

Reisepläne

Die anderen schauen uns an. Laetitia ergreift das Wort.

„Ich will diesmal mit. Und da ich die Einzige hier bin, die russisch spricht, macht das ja wohl auch Sinn!"

„Konechno, Tovarishch Laetitia," antwortet Jonas.

Er war in der Russisch-AG unserer Schule. Damit wären zumindest zwei Teilnehmer der Rettungsmission schon benannt.

„Wo Laetitia hingeht, da gehe ich auch hin." verkündet Liv ultimativ.

*„Und wo Jonas hingeht, da gehe **ich** auch hin."* setzt Pauline nach.

Ich hebe beschwichtigend die Hände.

„Lasst uns einen Schritt zurücktreten und sehen, wen wir unbedingt brauchen, um die Sender anzubringen. Laetitia, weil sie perfekt russisch spricht. Irgendjemanden, der sich gut mit dem Flux auskennt. Das wären dann Jonas oder ich. Sonst brauchen wir dafür niemanden. Und je weniger, desto besser. Mein Vorschlag wäre also, lasst Laetitia und mich den Sprung machen."

„Well, ich hätte da eine kleine Proposal zu machen, if you don't mind!" dröhnt es plötzlich sonor hinter der geheimen Küchentür, die die Küche mit dem Keller verbindet.

Mist, da hat wohl jemand zugehört, dem wir den Flux eigentlich noch verheimlichen wollten. Die Tür öffnet sich und Harry kommt zum Vorschein.

„Sorry to interrupt und ich wollte auch nicht lauschen, aber soweit ich es mitbekommen habe, könntet ihr die Hilfe von jemandem gebrauchen, der sich im zaristischen Russland auskennt.

Zufällig handelt es sich dabei um eins meiner Lieblingsthemen. Und russisch spreche ich übrigens auch fließend."

Ich schaue Harry an und nehme verwundert zur Kenntnis, dass er, wenn er will, auch völlig akzentfrei deutsch spricht. Laetitia stellt ihn auf die Probe und die beiden unterhalten sich kurz auf Russisch. Harry grinst und Laetitia nickt.

„Sein Akzent ist etwas zu sehr Gospodin, weniger Tovarishch. Aber gerade, wenn wir in die Zarenzeit wollen, würde das ja sehr gut passen."

„Und ich kenne mich im Katharinenpalast aus wie in meiner Westentasche. Ich habe ein Forschungssemester in St. Petersburg bzw. in Pushkin damit verbracht, über die Replik des Bernsteinzimmers zu forschen."

Ich schaue Harry verwundert an.

„Davon weiß ich ja gar nichts."

„Mark, wir sind nie dazu gekommen, uns unser ganzes Leben gegenseitig zu erzählen. Ich fand dich einfach nicht attraktiv genug."

Harry lächelt mich süffisant an.

Jonas ist dabei, Bestellungen für Kaffee und Tee aufzunehmen und wir quetschen uns alle um den Küchentisch und machen Pläne. Mehrere Becher Kaffee und Tee später ist das Expeditionsteam benannt.

Laetitia, Harry und Jonas werden bis zum Winterpalais vordringen. Wir entscheiden uns, diesmal niemanden am Pol zurückzulassen. Und wir entscheiden uns gegen die Feuerwehr als Expeditionsfahrzeug. Harry und Sam haben vor ein paar Jahren einen wunderbaren alten Airstream-Wohnwagen aus Kanada importiert. Wenn der Airstream kanadischen Wintern standhält, hält man es auch vierundzwanzig Stunden am Pol darin aus.

Also wird es diesmal darauf hinauslaufen, dass die drei Temporanauten mit dem Airstream an den Pol springen, dort warten, bis der Flux wieder aufgeladen ist, den Abstecher nach Pushkin machen und dabei direkt ins Bernsteinzimmer springen. Dort werden sie die vier Peilsender anbringen und nach spätestens fünf Minuten geht es wieder zurück an den Pol. Und von da zurück in die Gegenwart.

Ich schaue in die Runde. Liv und Pauline sehen nicht sehr glücklich aus über die Zusammenstellung der Expedition. Um ehrlich zu sein, so ganz gefällt es mir auch nicht, nicht Teil des Expeditionskorps „Bernstein" zu sein.

„Jonas, es gibt da eine Sache, da müssen wir noch eine Lösung für finden. Ich will nicht, dass einer von euch im zaristischen Russland verloren geht. Wie kriegen wir euch so zusammen, dass wir sicher sein können, dass ihr alle gleichzeitig wieder zurückkehrt und keiner den Rücksprungmarke verpasst?"

Pauline meldet sich zu Wort.

„Hat einer von euch Oceans 11 gesehen? Na klar habt ihr. Da bauen sie den Tresorraum, den sie ausräumen wollen, eins zu eins nach und über ihren Heist. Warum machen wir es nicht genau so?"

Wow, außer mir weiß noch jemand den Fachbegriff für so einen Stunt. Und Paulines Idee hat wirklich etwas für sich. Lena spricht es aus.

„Ich weiß zwar nicht, was Oschens Ilewen ist, aber Paulines Vorschlag finde ich sehr gut."

Stimmt, zum Filmegucken sind wir noch nicht gekommen, seit wir Lena aus 1962 gerettet haben. Naja, das hat auch noch Zeit für später.

„Okay, wir bauen in der Garage ein maßstabsgerechtes Modell und üben. Und Jonas, ich wiederhole es nochmal, wie stellen wir

136

sicher, dass alle immer und zu jeder Zeit Kontakt zum Flux haben?"

"Mark, Deine Zweifel in allen Ehren, aber wir kriegen das schon hin!"

"Jonas, Deine Unbekümmertheit in allen Ehren, aber wir haben euch beim letzten Sprung aus dem Hangar zurück schon verloren. Und es könnte für dich mit Deinem Schulrussisch schwierig werden, zusätzlich zu den 120 Jahren auch noch 1500 km zu Fuß zu überwinden, ohne aufzufallen."

"Ja, hast ja recht, ich lasse mir was einfallen."

Ich wende mich an Harry.

"Wenn du im Katharinenpalast geforscht hast, hast du doch bestimmt Bildmaterial darüber, oder?"

Harry nickt.

"Und sogar noch etwas Besseres, ich habe ein virtuelles 3D-Modell des Zimmers mit exakter Raumorientierung. Irgendein Depp war der Meinung, das Bernsteinzimmer wäre als Fokussierungspunkt für Erdstrahlen gebaut worden, deshalb haben wir es damals sehr genau vermessen, um diesen ganzen Aluhüten den Wind aus den Segeln zu nehmen."

Wir beschließen, nach Harrys Daten aus Kartons und Sperrholz ein potemkinsches Bernsteinzimmer in unserer Garage zu bauen. Jonas und ich fahren zum Baumarkt, Material besorgen. Harry und Sam fahren nach Hause, den Airstream und die Daten des Bernsteinzimmers holen. Die anderen vier machen sich auf in die Garage, Platz schaffen. Mit Feuerwehr, Schwimmwagen, Porsche und Karlchen ist es dort schon fast ein bisschen zu eng geworden, um noch ein Bernsteinzimmer dort unterzubringen.

Als wir zwei Stunden später wieder in der Garage ankommen, sieht es dort noch genauso aus. Lena und Pauline warten auf uns. Jonas und ich schauen die Temporanautinnen fragend an.

„*Wollten wir hier nicht ein Bernsteinzimmer aufbauen?*" fragt Jonas in die Runde. Lena nickt.

„*Das war der Plan, aber den haben wir geändert. Wir wollen lieber den Hangar auf der anderen Seeseite nutzen. das gibt dem ganzen einen professionelleren Anstrich. Und es ist hier nicht im Weg. In den Hangar kommt nie einer, da sind wir wesentlich ungestörter als hier.*"

Jonas zuckt mit den Schultern.

„*Jut, und wie kriegen wir das Material da hin?*"

Diesmal antwortet Pauline.

„*Wir fluxen es rüber. Das Werkzeug ist zusammen mit dem Airstream, Harry und Sam schon drüben*"

Lena hat währenddessen ein Drahtseil an den Anhänger geklipst, reicht uns kleine Metallarmbänder und verbindet uns mit Karabinerhaken mit dem Drahtseil.

„*Macht mal jemand den Anhänger vom Auto los? Oder soll das mit?*"

Jonas und ich entkoppeln den Anhänger. Pauline verbindet solange schon mal den Flux mit dem Drahtseil. Kaum sind wir mit dem Abkoppeln fertig, drückt sie auf den Knopf und **fump** stehen wir im Hangar. Und zwar nicht irgendwo, sondern in einem mit Absperrband gekennzeichneten Bereich. Es hat sogar jemand *Vorsicht, Landezone* mit Kreppband auf den Fußboden geschrieben.

Lena sieht meinen Blick auf die Fussbodenbeschriftung.

„*War meine Idee. So können wir einigermaßen sicher sein, dass wir nicht aus Versehen in irgendetwas landen, wenn wir hin und her fluxen.*"

Sam und Harry waren unterdessen nicht untätig und haben schon damit begonnen, mit Kreppband die Umrisse des Bernsteinzimmers auf dem Boden zu markieren. Da kommen wir mit unserem Baumaterial ja gerade recht.

Der Wohnwagen thront etwas abseits neben der Landezone und dient als Hauptquartier. Vor dem Wohnwagen steht ein Campingtisch mit acht Stühlen und es ist tatsächlichen für den Tee gedeckt. Es gibt sogar Scones, Clotted Cream und gerade als wir darauf zu gehen, kommt Sam mit einer Etagere voll Sandwiches und Cupcakes aus dem Airstream.

„Leute, so lässt es sich als Temporanaut wirklich leben." freue ich mich.

Ich sehe mich im Hangar um, schaue meinen neuen und alten Freunden in die Augen und denke mal wieder, wie cool es ist, die richtigen Leute zu treffen und gemeinsam etwas auf die Beine zu stellen.

Nachdem die Scones, Sandwiches, Cupcakes und mehrere Tassen Tee ihrer Bestimmung zugeführt wurden, geht es wieder ans Werk. Die Umrisse stehen schon, jetzt müssen nur noch ein paar Wände, Türen und Fenster angedeutet werden und etwaige Hindernisse aufgebaut werden.

„Glücklicherweise ist der Amber Room weitgehend leer. Wir haben also fast keine Hindernisse, wenn wir direkt in die Mitte springen. Einfach an die Wände, die Peilsender anbringen, zurück in die Mitte und ab an den Pol."

So wie Harry das sagt, klingt es wirklich total einfach. Irgendwo in meinem Hirn lauert allerdings noch eine Idee darauf, gedacht zu werden. Ja, das ist es. Lena und Pauline haben mein Problem eigentlich schon gelöst.

„Wie wäre es, wenn wir statt zu dritt gleich zu fünft springen würden. Wir verbinden uns mit dünnen Kabeln oder Drahtseilen, so wie Lena und Pauline es eben mit uns gemacht haben. Der oder die mit den schnellsten Reflexen bleibt in der Mitte und hat den Finger auf dem Rücksprungknopf. Die vier anderen laufen an

ihre jeweilige Wand, bringen jeweils einen Peilsender an, und laufen wieder zurück in die Mitte. Sollte irgendetwas unvorhergesehenes passieren, sind alle immer mit dem Flux verbunden und das Schlimmste, was passieren kann ist, dass uns etwas kalt wird beim Rücksprung an den Pol."

„Das sind dann aber pro Nase jeweils ca. 20 m Kabel. Das heißt, der in der Mitte hat vier Kabelrollen mit insgesamt 80 m Kabel an sich hängen. ganz schön viel Aufwand für fünf Minuten."

„Jonas, ich wiederhole es gern nochmal für Dich. Wenn uns jemand dabei verloren geht, steckt er möglicherweise in der Zarenzeit fest. Ohne ausreichende Sicherung werden wir den Trip nicht machen. Ich will keinen von euch in der Vergangenheit verlieren."

„Mark, das will keiner von uns. Aber je mehr Leute dabei sind, desto größer wird die von Dir beschriebene Gefahr."

„Okay, Jonas, dann machen wir es ganz anders. Es springt nur einer, der dafür aber vier Mal, jeweils in eine andere Ecke. Wie exakt können wir mit dem Flux teleportieren?"

„Laut Anleitung beträgt die Genauigkeit +- 5 cm."

„Na, das ist doch etwas, womit wir rechnen können. Dann müssen wir nur noch genau wissen, wo der Katharinenpalast liegt. Harry, wie genau sind Deine Geokoordinaten?"

„Plusminus zehn Meter, würde ich schätzen. Wir waren in den späten 90er Jahren dort."

„Dann brauchen wir aktuellere Daten. Wo kriegen wir die her?"

Ich schaue in die Runde. Jonas schaut zwar leicht entnervt, hat aber die richtige Lösung schon in der Tasche.

„Harry, wenn ich dich richtig verstehe, sind zwar Deine Geokoordinaten nicht besonders genau, die Orientierung und die Distanzen sind aber Okay. Stimmt das?"

„Exactly, Jonas. Wir haben damals schon mit Laserentfernungsmessern arbeiten können."

„*Na dann,*" sagt Jonas, zückt sein Handy und ruft die Satelliten-App seines Vertrauens auf, „*schauen wir doch mal, wo genau dieser Palast jetzt liegt. Aha, hier sind die genauen Daten.*"

Ich schaue wieder in die Runde.

„*Also machen wir es so, dass nur einer springt? Dafür aber viermal?*"

Jonas antwortet.

„*Ich wäre immer noch für ein Zweierteam. Verbunden über einen Draht. Einer bringt die Sender an, der andere ist für den Rückzug zuständig. Der Flux lässt sich übrigens auch mit mehreren Zielen programmieren. Wir könnten also die vier Sprungkoordinaten einprogrammieren und im selben Raum hin und her springen. Wie wäre das?*"

„*Lasst es uns probieren.*"

Laetitia hat bislang ruhig der Diskussion zugehört.

„*Dann lasst uns endlich aufhören zu diskutieren. Jonas und ich machen den Sprung.*"

„*Moment, Laetitia, wenn wir es so machen, wie Mark und Jonas es eben entwickelt haben, brauchen wir niemanden, der russisch spricht, sondern jemanden, der sich handwerklich ein bisschen auskennt. Und da habe ich hier wohl die Nase leicht vorn.*" mischt sich jetzt Pauline ein.

„*Und, und das ist mein wichtigster Punkt, Jonas geht mir nirgendwo hin, ohne dass ich auf ihn aufpassen kann!*"

Jetzt ist es an Lena, einen Beitrag zu bringen.

„*Wir machen einen Wettbewerb daraus. Jedes Pärchen, das den Trip unternehmen will, kann hier im Hangar am Modell beweisen, wie schnell es die Aufgabe löst. Die Schnellsten übernehmen den Job. Wie wäre das?*"

Eigentlich eine gute Idee, wenn ich mir das so überlege. Ich schaue wieder in die Runde. Lenas Idee scheint auch bei den anderen gut anzukommen.

Und so hatten wir einen halben Tag damit zu tun, das schnellste Team herauszufinden. Lena und ich traten nicht an, wir hatten so etwas ja schon oft genug getan. Irgendwann verfliegt dann selbst bei Zeitreisen der Reiz des Neuen.

Laetitia und Liv waren durch Laetitia sehr motiviert und schlugen sich besser als Harry und Sam. Am besten schlugen sich allerdings Pauline und Jonas. Paulines Schnelligkeit und handwerkliches Geschick gepaart mit Jonas' Virtuosität bei der Bedienung des Flux waren schier unschlagbar. Sie schafften den Heist in weniger als 90 Sekunden.

Auch die anderen beiden Teams mussten zugeben, dass Team PJ die beste Wahl war.

Jonas' einziger Kommentar dazu ist:

„War doch eh klar. Wir sind dann mal weg.“

fump

Wir anderen sahen uns konsterniert an. Der Airstream stand noch dort, wo er zur Tee Pause stand. Team PJ war weg.

fump

Und da war Team PJ wieder.

„Wenn wir das öfter machen, müssen wir die Feuerwehr echt besser dämmen. Für Polaufenthalte ist die noch nicht ideal ausge-rüstet.“

„Äh, was redest du da?“ Harry ist verwirrt.

„Harry, was Dir Jonas durch die Blume zu verstehen gab ist, dass die Peilsender schon angebracht sind. Die beiden sind wieder mit Paulines Feuerwehr gesprungen.“

„Exakt. Nach dem ganzen Gequatsche hatte ich das deutliche Gefühl, endlich mal was tun zu müssen.“ setzt Jonas meiner Erklärung hinzu.

Gleichzeitig zückt er den Detektor, der zusammen mit den Peilsendern im Päckchen war. er stutzt, dann hält er

142

mir den Detektor hin. Ich schaue auf die Karte, die angezeigt wird. Das Bergische Land zwischen Düsseldorf und Hagen.

„Wuppertal. Von allen Städten dieser Welt ausgerechnet Wuppertal.“

„Naja, besser als Bielefeld. Dann wäre das Bernsteinzimmer auf ewig verloren.“ grinst Jonas.

Wuppertal. Da, wo Hilde zu ihrem Marketing-Fuzzi gegangen ist, als sie mich verlassen hat. Aber das habe ich ja bestimmt schon erwähnt.

Fundsachen

Die vier Peilsender funken immer noch munter. Jonas recherchiert mit seinem Detektor, seiner gehackten Satellitenverbindung und dem Internet, wo genau das Signal denn herkommt.

„Da ist eine alte Zeche in der Nähe. Laut Wikipedia ist die schon seit Ende des neunzehnten Jahrhunderts geschlossen, aber das muss ja nichts heißen. Den Zugang gibt es wohl noch. Der wurde sogar in den 1990ern noch renoviert.“

Harry und Sam tuscheln etwas miteinander, dann meldet sich Sam zu Wort.

„Eine alte Zeche sagst Du? Dann könnte uns der Stadtkurator von Wuppertal weiterhelfen. Ist ein alter Schulfreund von mir.“

Ich sehe Sam erstaunt an.

„Du bist gebürtiger Wuppertaler?“

„Nee, Berliner. Den Carl Oppermann habe ich vor ein paar Jahren auf einem Klassentreffen wieder getroffen. Wir waren in der Grundschule quasi unzertrennlich, bis seine Eltern ihn ins Bergische Land verschleppt haben.“

Ich sehe Sam noch erstaunter an.

„Du gehst auf Klassentreffen?“

„Mark, ich bin Historiker. Natürlich gehe ich auf Klassentreffen. Nichts ist lustiger, als zu sehen, was aus den Leuten wird. Und Harry und ich haben immer großartige Auftritte gehabt, spätestens, wenn wir von unserer Hochzeit erzählt haben.“

„Stimmt, ich erinnere mich. Du ganz in Weiß und Harry in seinem Clan-Tartan.“

Jonas mischt sich ein.

„Könnten wir kurz wieder zum Thema zurückkommen? Es handelt sich scheinbar um die Zeche Karl. Liegt im östlichen Ausläufer von Wuppertal. Sam, kannst du uns da reinbringen?"

Sam zückt sein Handy.

„Mal sehen, ob der Carl uns reinlässt."

Er lässt. Ein kurzes Telefonat später zeigt sich, dass es sich durchaus auszahlt, gut vernetzte Historiker zu seinen Freunden zu zählen. Sam bekommt eine Ausnahmegenehmigung, die Zeche Karl zu befahren, allerdings unter Aufsicht. Und er darf eine kleine Forschungsgruppe mitnehmen. Jetzt müssen wir nur noch festlegen, wer zu dieser Forschungsgruppe gehört.

Jonas und ich wären als ehemalige Hobby-Speläologen durchaus geeignet. Wenn ich ehrlich bin, muss ich aber nicht mehr unter Tage in feuchten alten Stollen herumkriechen. Nicht einmal, um das Bernsteinzimmer zu finden.

Und vielleicht wäre es sowieso besser, wenn Jonas und ich nicht direkt mit dem Fund in Verbindung gebracht würden. Laetitia ist allerdings kaum davon abzubringen. Es war ja schließlich auch ihre Idee. Okay, also Sam und Laetitia. Lena schaut mich kurz an und schüttelt dann lächelnd den Kopf. Liv schaut Laetitia an und nickt. Harry wirft sich in Pose und fragt dann ganz freundlich seinen Mann, ob er ihn dabeihaben will.

„Glaubst du wirklich, ich gehe ohne dich das größte Fundstück des 20. Jahrhunderts entdecken?"

Damit steht die Forschungsgruppe „Bernsteinzimmer". Laetitia, Liv, Harry und Sam als Forschungsleiter. Dank Harry und Sam haben wir auch eine gute Cameo-Geschichte, die unsere Zeitreise- und Peilsenderaktionen außen vorlässt. Offiziell haben die beiden international bekannten Historiker aus dunklen, nicht zu verifizierenden Quellen von einem möglichen Verbleib des

Bernsteinzimmers erfahren. Die vier stecken die Köpfe zusammen und planen ihre Expedition.

Lena und ich gehen zu Pauline in die Garage, um beim Porsche zu helfen. Jonas murmelt etwas von *"...endlich mal nach der Z3 sehen..."* und kommt langsam hinter uns her.

Lena hakt sich bei mir unter.

„Was ist eigentlich aus Deinen Bulli Plänen geworden?"

„Stimmt, das hatte ich ganz vergessen. Jonas, kannst du mir auf die gleiche Art, wie du den Porsche gefunden hast, auch einen herrenlosen, verwahrlosten Bulli lokalisieren."

„Längst passiert. War mir durch die ganze Bernsteinzimmeraktion nur entfallen. Ich habe bislang mehrere gefunden, die in irgendwelchen Wäldern stehen. Diese Bildanalysesoftware, die ich mir für die Porschesuche besorgt habe, ist wirklich gut. Aber ich habe vielleicht noch etwas Besseres für Dich. Ich dachte mir, dass du wahrscheinlich sentimental genug bist, einen Bulli Deines Baujahrs haben zu wollen. Bei Karlchen wirst du ja auch nicht müde zu erzählen, dass er genauso alt ist wie Du. Also habe ich mal den Verbleib der Fahrgestellnummern aller Bullis recherchiert, die 1962 vom Band gelaufen sind. Bis auf einen wurden alle auch 1962 zugelassen. Dieser eine ist..."

„Sag jetzt nicht ein **rot-weißer Samba Bus***, sonst komme ich ins Grübeln."*

„Doch, genau. Es handelt sich laut Werksliste um einen 23-Fenster Bus in rot-weiß. Vom Band gelaufen..."

„...am 06.12.1962?"

„Exakt. Und er tauchte nie in einer Zulassungsstatistik auf, zumindest nicht in Europa. Und laut Werksunterlagen wurde er bar bezahlt."

Lena schaut mich an, immer noch bei mir untergehakt.

„Das sieht ja wohl so aus, als hätten wir noch einen Trip nach 1962 zu machen."

146

Jonas wendet sich seiner Z3 zu.

„Die nötigen Fakten schicke ich Dir gleich per Mail. Fahrgestellnummer und Tag der Bestellung und Abholung und so."

Stimmt, denke ich bei mir. Es ist nicht ein Trip zum Abholen, ich muss das Teil ja auch noch bestellen und bezahlen. Und das führt zu der Frage, womit bezahle ich 1962 einen fabrikneuen Bulli?

Mein Handy piepst. Nein, diesmal keine SMS von mir selbst, einfach nur die Mail von Jonas mit den Daten zum Bulli. Schau an, er wurde einen Tag, nachdem ich Lena eingesammelt habe, in Wolfsburg bestellt. Und an meinem Geburtstag in Hannover abgeholt. Und ist seitdem verschollen.

Lena stupst mich an.

„Was hat so ein Bus denn 1962 gekostet?"

„Ungefähr 8000 D-Mark."

„Na dann, die nehmen wir von meinem Konto. Den Bulli schenke ich Dir, als Dank dafür, dass du mir mein Schloss wiederbeschafft hast."

„Naja, das war ich ja genau genommen nicht. Schon gar nicht allein, da haben unsere Freundinnen und Freunde einen größeren Anteil als ich."

„Nun mal keine falsche Bescheidenheit. Alle haben irgendetwas bekommen, nur du bislang nicht."

„Abgesehen von Dir. Ich habe dich bekommen."

„Schmeichler. Lass mich Dir bitte den Bulli schenken. Auf meinem Konto ist mein gesamtes Erspartes und nach 1962 kann ich es ja sowieso nicht mehr abholen oder brauche es nicht mehr. Wir fahren nach Wolfsburg, heben das Geld ab und bestellen den Bulli. Dann springen wir nach Hannover einen Monat später und holen ihn ab. Wie wäre das?"

Kurz mal nachdenken. Erster Sprung, einen Tag nach meinem allerersten Besuch in Wolfsburg, also am 07.11.1962. Eine Tour zur Bank, dann ein Besuch in der

VW-Vertretung, um den Bus zu bestellen. Einen Tag warten, damit der Flux sich auflädt. Zweiter Sprung nach Hannover am 06.12.1962. Oha, da muss ich aufpassen, dass ich meinem Vater nicht in den Weg gerate, wenn er meine Mutter in die Entbindungsklinik fährt.

Den Bulli abholen. Moment, besser, wir springen zum 05.12.1962, dann ist der Flux schon aufgeladen, wenn wir am 06.12. den Bulli abholen. Und wir dürfen das Kabel nicht vergessen. Und wie war das noch mit der Ortsveränderung? Geht das in einem Rutsch? Oder muss ich zweimal springen? Und in welcher Reihenfolge mache ich das dann. Ich sehe schon, ich muss das nochmal völlig neu durchdenken.

Während ich im Kopf noch Pläne mache, sind wir bei Pauline angekommen. Sie hat beim Porsche schon ganze Arbeit geleistet. Die neuen Radläufe sind drin, die neue Frontmaske sitzt auch schon perfekt.

„Pauline, du bist ja schon fast fertig. Wir wollten gerade zum Helfen kommen."

„Oh Lena, da ist schon noch genug zu tun. Jetzt müssen die Reste der Inneneinrichtung raus, dann muss der Motor noch raus und dann können wir das Ding zum Lackieren bringen. In der Zeit überhole ich den Motor und wenn alles klappt, kannst du in einer oder zwei Wochen die Jungfernfahrt machen."

Ich sehe mich in der Garage um. Es ist beeindruckend, wie schnell und effizient Pauline diesem Raum eine besondere Art von Leben eingehaucht hat. Es wirkt nicht mehr wie ein leerer, lang vernachlässigter Raum. Alles hat seinen Platz, die Feuerwehr steht so im Hintergrund, dass man an alles, was man braucht gut herankommt, ohne dass man ständig über irgendetwas stolpern würde.

Der Porsche und die dazugehörigen Teile sind säuberlich in einem Bereich untergebracht und der Schwimmwagen steht zusammen mit den ersten beschafften oder gefundenen Ersatzteilen in einer anderen Ecke. Selbst dieses verwahrloste alte Wrack sieht schon wesentlich besser aus als noch vor einer Woche.

„Was ist denn dem Schwimmwagen passiert? Heilt der sich jetzt selbst?"

„Ach, immer, wenn ich keine Lust mehr habe, den Porsche zu schweißen, vertreibe ich mir die Zeit mit dem alten Ding. Ich freue mich schon auf die Probefahrt mit dem Teil auf dem See."

„Pauline, du bist nicht mit Gold aufzuwiegen."

Aus der Richtung der alten Rechenmaschine tönt es. *„Finger wech, die is' schon vergeben. Kannst Dein Süßholz woanders raspeln. Wenn du dich nützlich machen willst, im Magirus ist 'ne Kaffeemaschine. Zauber uns doch mal ein paar Becher Latte Macchiato."*

„Geht klar, Jonas. Schon Erfolg mit dem alten Schätzchen gehabt?"

„Wenn du diese unvergleichliche Rechenmaschine meinst. Ja, sie funktioniert. Nur das mit dem Internetanschluß wird noch dauern."

„Witzbold."

„Nee, im Ernst, ich plane gerade, die GPIO-Leiste eines Raspberry Pi in ein geeignetes Interface umzubauen."

„Ich mach mal Kaffee."

Freunde. Unbezahlbar.

Lenas Intermezzo VI

Da Mark immer so furchtbar viel über alles nachdenkt, habe ich beschlossen, ihn zu überraschen. Während er sich um unsere Kaffees kümmert, schleiche ich mich hinter die Feuerwehr und setze mich in den roten Käfer. Im Kofferfach hinter dem Rücksitz steht noch der Koffer, in dem unsere Sachen vom letzten Zeitsprung liegen. Wie man mit der Zeitmaschine umgeht, habe ich ja mittlerweile oft genug gesehen. Und der Bulli soll ja ein Geschenk sein.

Also stelle ich die Zielzeit auf den 06. November 1962. An dem Tag bin ich aus Wolfsburg verschwunden. Also werde ich uns nicht begegnen, wenn ich zur Sparkasse fahre, um mein Konto aufzulösen. Ein Druck auf den Knopf und schon bin ich wieder auf dem Waldweg, von dem ich mit Mark vor einer gefühlten Ewigkeit gestartet bin. Und was ist zwischendurch nicht alles passiert. Ich steige kurz aus und ziehe mich um. Zeitgemäß in ein passendes Outfit aus Rock, Bluse und Jacke gekleidet, steige ich wieder ein und starte den Wagen. In gemächlichem Tempo geht es nach Wolfsburg. Verglichen mit 2018 geht es hier wirklich sehr ruhig zu. Marks Zeit ist doch ganz schön hektisch. Umso schöner, dass wir mit dem Schloss fast ein Refugium der Ruhe haben.

Als ich aus der Sparkasse komme, fahre ich nach Hannover zu dem VW-Händler, bei dem der ominöse VW Bus bestellt wurde. Der Verkäufer scheint mehr an meinen Beinen interessiert zu sein als an einem Verkauf, aber ein wissender Blick in Richtung der Frau im schicken Pepitakostüm, die hinter dem teuren Schreibtisch sitzt, sorgt für einen schnellen Wechsel.

„Lassen Sie nur, Herr Schulz, ich kümmere mich um die Dame.“

„Sie müssen Herrn Schulz entschuldigen, er hat sonst nur mit Handwerkern zu tun. Mein Name ist Hannelore Dören, meinem Mann und mir gehört diese Autohandlung. Wie kann ich Ihnen behilflich sein. Darf ich Ihnen zuerst einmal einen Kaffee anbieten?“

„Gern, vielen Dank. Und danke, dass Sie sich eingeschaltet haben.“

„Da nicht für, wie wir hier sagen.“ Sie wendet sich an Herrn Schulz.

„Herr Schulz, sagen Sie doch bitte dem Stift, er möge uns zwei frisch gebrühte Bohnenkaffees bringen, mit Milch und Zucker bitte. Danke“

Kaum sind die Kaffeetassen mit dem frisch aufge-brühten Bohnenkaffee da, komme ich zum Geschäftli-chen.

„Ich möchte einen VW Bus kaufen. Und zwar einen in weiß und rot, mit den niedlichen Fenstern rundherum und oben im Dach. Ach ja, ein Faltverdeck soll er auch haben. Und ich habe einen Wunsch, ich möchte ihn am 06.12.1962 geliefert bekommen.“

„Na, das nenne ich präzise Vorstellungen. Lassen Sie uns nachschauen. Mit vier Wochen Vorlauf ist es nicht ganz so ein-fach, aber ich schaue mal, was wir da machen können. Einen Moment bitte, ich telefoniere kurz mit Hannover.“

Frau Dören greift zum Telefon und wählt eine han-noversche Nummer.

„Hallo, bin ich mit der Bestellannahme des VW_Werks ver-bunden? Danke. Mein Name ist Hannelore Dören, Inhaberin von Dören Automobile in Wolfsburg. Ich habe hier eine Kundin, die gern einen 23 Fenster Bus am 06.12. abholen würde. Können

Sie bitte nachsehen, ob ich ihr das zusagen kann? Wie, ja, danke, dann kann ich das so weitergeben. Ich wünsche Ihnen einen guten Tag. Die Bestellung geht gleich mit der Post raus."

Frau Dören legt auf, atmet kurz durch und wendet saich dann lächelnd mir zu.

„Frau von Prodrow, ich habe eine gute Nachricht, es geht. Wenn wir die Bestellung heute noch per Eilkurier auf den Weg schicken, kriegen Sie den Bus am 06.12."

Na, das klingt doch ganz fantastisch, denke ich mir. Frau Dören und ich werden uns schnell handelseinig. Ich bezahle den Wagen sofort in bar und wir vereinbaren den Übergabetermin.

Danach stehe ich vor dem Käfer und überlege, wie ich nun weiter vorgehe. Ich habe ja noch Zeit, bis der Flux-Kompensator aufgeladen ist. Also beschließe ich, in meine Wohnung zu fahren, ein paar Sachen einzupacken und noch ein paar Dinge zu regeln.

Nachdem ich die Aufladezeit genutzt habe, um meine Stelle und die Wohnung zu kündigen und so viele Sachen, wie in den Käfer passen, einzupacken, mache ich mich wieder auf den Weg zum Waldweg und springe von dort unbeobachtet zurück in die Garage. Zur Sicherheit komme ich eine gute Minute nach meiner Abreise wieder an.

Ich schlendere um die Feuerwehr herum und nehme Mark meine Tasse aus der Hand.

„Nimm Dir für Deinen Geburtstag dieses Jahr nichts vor, wir fahren nach Hannover."

Mark sieht mich erstaunt an. *„Und was werden wir dort tun?"*

„In Dein Geburtsjahr zurückspringen und Deinen Bulli abholen. Den habe ich gerade bestellt und bezahlt. Und nach dem Kaffee kannst du mir dabei helfen, den Käfer leerzuräumen."

Männer können so niedlich gucken, wenn wir sie überraschen. Und dabei hat er nicht einmal gemerkt, dass ich mich komplett umgezogen habe.

Ans Tageslicht gebracht

Ich stehe gerade an der Espressomaschine, um Lena und mir den Morgenkaffee zu zaubern, als die Meldung aus dem Radio kommt.

In Wuppertal wurden wesentliche Teile des Bernsteinzimmers gefunden. Und wir hier in Prodrow wissen auch, von wem.

„Die international zusammengesetzte Forschungsgruppe bekam durch intensives Quellenstudium Hinweise darauf, dass wesentliche Teile des Bernsteinzimmers seit 1944 in einer stillgelegten Sohle der Zeche Karl eingelagert worden sind.

Tatsächlich wurden dort heute zahlreiche Kisten hinter einer Mauer gefunden. Erste Stichproben deuten auf das Bernsteinzimmer hin. Auch die Beschriftung der Kisten passt in den historischen Kontext, wie eine erste Überprüfung durch den Landesaltertümerbeauftragten von Nordrhein-Westfalen ergab.

Diese sensationelle Entdeckung...“

Ich reiche Lena ihren Latte Macchiato. Wir prosten uns zu.

„Na, das hat doch geklappt. Das hast du wirklich gut gemacht, Mark.“

Ich schaue ihr versonnen in die Augen.

„Ich habe da fast gar nichts gemacht. Das wart doch ihr alle zusammen. Und egal, was wir noch retten, dich getroffen zu haben, überwiegt alles.“

Lena gibt mir einen Kuss und schmunzelt.

„Du bist ein Schmeichler, aber ich gebe zu, es gefällt mir. Was retten wir jetzt? Was würdest du gern mit dem Flux machen, außer Dir den Bulli zu sichern?“

„Du würdest mich auslachen, wenn ich es Dir erzähle.“

„*Stell mich auf die Probe. Na los, was würdest du als Nächstes tun?*“

„*Diesen Kaffee austrinken und dich aus Deinen Textilien schmusen?*“

„*Lenk nicht ab.*“ Lena boxt mich an die Schulter.

„*Okay, aber du darfst nicht lachen. Ich würde gern einen Trip zum Mond machen. Am liebsten, um Neil und Buzz dabei zuzusehen, wie sie 1969 landen. Aber mir würde es auch reichen, heute nachzusehen, wo die Reste der Landefähre stehen.*“

Lena lacht nicht. Sie schmunzelt nicht einmal. „*Wer sind Neil und Buzz?*“

Stimmt, die Mondlandung hat Lena noch gar nicht miterlebt. Also erkläre ich ihr, wie ein kleiner Junge namens Mark in Hannover vor dem Schwarzweißfernseher saß und Neil Armstrong und Edwin Buzz Aldrin dabei zusah, wie sie 1969 auf dem Mond spazieren gingen.

Lena sieht mir ruhig in die Augen.

„*Wenn Dir das wichtig ist, dann solltest du es planen. Und nimm mich mit. Der Mann im Mond sollte dort nicht allein sein.*“

Genau in diesem Moment kommt Jonas in die Küche.

„*Gut, nachdem es jetzt nicht mehr so aussieht, als würde es hier und jetzt zu einer spontanen Kopulation kommen, komme ich vielleicht auch endlich zu einem Kaffee. Mach doch mal etwas Platz, Mark.*“

Jonas drängelt sich an mir vorbei, schiebt mich dann zur Seite und macht sich an der Espressomaschine zu schaffen.

„*Übrigens kenne ich jemanden bei der NASA, der uns Zugang zum nigelnagelneuen und jüngst eingemotteten Mond Rover verschaffen kann. Du weißt schon, der, den James May in der einen Top Gear Folge durch Houston fahren durfte. Damit kann man nicht nur auf dem Mond rumfahren, man kann dabei sogar atmen. Ist ganz nützlich, habe ich mir sagen lassen. Vor allem auf Himmelskörpern, die keine eigene Atmosphäre haben."*

Lena und ich sehen Jonas an.

„Wie lange hast du schon hinter der Tür gestanden?"

„Mark, ich habe nicht gelauscht, ich war diskret darauf vorbereitet, mir den Kaffee in der Garage zu holen, weil ich euch fast beim Tête-à-Tête gestört hätte."

Danach holt Jonas etwas weiter aus. Die NASA hat ihr Mondprojekt eingestellt, als der neue Rover schon so gut wie fertig war. Einer von Jonas Twitter Freunden, Ron Doggerty, war im Projektteam und hat gerade im Scherz seinen Online-Freundeskreis informiert, dass der Mond Rover quasi zu Schnäppchenpreis verscherbelt wird. Dabei ist der Rover sogar schon vakuumgetestet. Und zwei vollwertige Raumanzüge sind auch mit dabei.

„Brennstoffzellen auftanken, Sauerstoffflaschen reinschrauben und schon kann es los gehen."

„Bleibt nur das kleine Problem, den Mond Rover zu bekommen, Jonas."

„Nö, ich habe gerade mit Ron gechattet, während ich vor der Tür stand. Projektmitarbeiter haben ein Vorkaufsrecht und wir könnten mit ihm tauschen. Er würde den Rover gegen einen unserer Messerschmitt Jets tauschen."

„Also eine unserer eingemotteten Me 262 gegen einen ungetesteten Mond Rover. Klar, machen wir. Wie kriegen wir den Tausch hin?"

Schon sitzen wir zu dritt um den Küchentisch und planen, wie wir erstens die Me aus der Unterwelt kriegen, zweitens eine plausible Erklärung dafür haben, dass es sie überhaupt gibt, wir sie drittens tatsächlich besitzen und daher eintauschen dürfen und viertens, wie wir die Me nach Houston kriegen und im Gegenzug den Mond Rover nach Prodrow.

Lena überlegt kurz und schippst dann mit dem Finger.

156

*„Also, zumindest für erstens habe ich eine Lösung. Wir brin-
gen die Me per Fahrstuhl in den Hangar und lassen es so aussehen, als hätte sie da schon seit 1945 gestanden. Damit erklärt
sich auch, warum wir sie besitzen und eintauschen dürfen. Und
wir müssen die Me ja nicht nach Houston bringen, das macht
Ron selbst. Und wir haben nur noch ein Problem, nämlich den
Rover hierher zu kriegen."*

Das klingt schon mal machbar. Und den Rover würden wir fix mit dem Flux hierher bekommen. Wäre nur
schwer zu erklären, wie er so unbemerkt vom US-Zoll
hier in good old Germany auftaucht. Egal, kriegen wir
schon hin.

Tauschgeschäfte

Nachdem das Bernsteinzimmer-Expeditionsteam bestehend aus Harry, Sam, Liv und Laetitia aus Wuppertal zurück ist, treffen wir uns zu einer kleinen Feier im großen Salon des Schlosses.

Nach dem Anstoßen schildern Harry und Laetitia abwechselnd, wie es zu der spektakulären Entdeckung kam, von der wir ja alle eigentlich schon vorher wussten.

„Ich habe extra einen Abend lang vor dem Spiegel die erstaunt-verzückte Miene geübt, die ich aufgesetzt habe, als die erste Kiste geöffnet wurde.“

Harry gerät etwas ins Schwärmen.

Aber Jonas und ich wissen, wie wir ihn da wieder rauskriegen. Jonas holt die Gläser, ich gieße eine Runde 21 Jahre alten Balvenie ein und reiche Harry das erste Glas.

„Slàinte mhath“

Wir prosten uns alle zu. Es tut gut, Erfolge mit Freunden zu feiern.

„So, und was machen wir als Nächstes?“ fragt Laetitia in die Runde.

Lena ergreift die Gelegenheit und outet meinen Wunschtraum.

„Mark möchte gern zum Mond. Wir hätten sogar schon ein passendes Gefährt, haben aber noch keinen genauen Plan, wie wir das legal aus Amerika nach Prodrow kriegen.“

Die Runde sieht mich an. Erstaunt, aber nicht spöttisch. Laetitia lächelt hintergründig.

„Wie groß ist das Gefährt? Für alles, was kleiner als ein Doppeldeckerbus ist, hätte ich eine Lösung.“

„*Naja, wir könnten den neuen Mond-Rover der NASA kriegen, der ist etwas voluminöser als ein Kastenwagen.*" antworte ich.

„*Würde der in eine Antonow AN 124 passen?*"

„*Passt!*" kommt die Kurzantwort von Jonas, der wieder einmal in Echtzeit mit dem Handy recherchiert.

„*Na, dann frage ich doch einfach mal meinen Bruder in Kiew, ob er zufällig noch ein Plätzchen für den Mond-Rover in seiner Antonow frei hat.*"

„*Laetitia, du bist ein Schatz. Ich wusste gar nicht, dass Dein Bruder Frachtflugzeuge fliegt. Aber womit sollen wir ihn bezahlen?*"

Diesmal hakt Liv ein.

„*Womit bezahlt ihr denn den Rover?*"

„*Den tauschen wir gegen einen Me 262 ein.*"

„*Okay, Mark, wie wäre es denn dann mit einem weiteren Tauschgeschäft. Da unten in der Flugzeuggruft stehen doch mindestens zwei alte sowjetische Iljuschin IL2. Laetitia Bruder ist begeisterter Flugenthusiast. Für eine gut erhaltene Sturmmöwe fliegt er uns die Fracht vielleicht hierher. Wir konnen ihn ja mal fragen.*"

Während Liv den Plan erörtert hat, hat Laetitia schon das Handy am Ohr und telefoniert auf Russisch mit ihrem Bruder.

„*Da, Arkadij, spassiba!*"

Damit beendet Laetitia das Telefonat, schaut uns an und grinst.

„*Er macht's. Sie haben nächste Woche einen Trip von Tokio nach Dallas. Wenn euer Kontakt den Rover dahin kriegt, nimmt Arkadij ihn mit und bringt ihn nach Berlin. Wir müssen nur noch klären, wo die AN 124 hier landen kann.*"

„*Vielleicht in Strossow. Der alte Militärflugplatz war für MIG 29 geeignet, da wird auch eine AN 124 landen können.*"

Kann Dein Bruder auch Ron und die Me wieder nach Dallas schaffen?"

„Nicht nötig, Ron hat das schon organisiert. Die Me holt er sich hier direkt selbst ab und verfrachtet sie über einen seiner Air Force Kumpel nach Houston. Aber wenn er mit Arkadij mitfliegen kann, können wir die Übergabe hier direkt machen. " mischt sich Jonas ein.

Und wieder scheint sich alles ganz einfach zu fügen. Was man alles auf die Beine stellen kann, wenn man Freunde hat und ein paar alte Flugzeuge im Keller.

Eine Woche später stehen wir mit einem gemieteten Tieflader am Rande des Flughafens von Strossow und sehen dabei zu, wie die riesige AN 124 nach einer Platzrunde zur Landung ansetzt. Dieses riesige Flugzeug sieht eigentlich nicht so aus, als ob es fliegen könnte, aber es fliegt. Wie eine übergewichtige Hummel, aber es fliegt.

Dank der Erfahrung seiner Piloten setzt das riesige Frachtflugzeug ganz sanft am Anfang der Landebahn auf und rollt etwas später direkt vor uns aus. Wenn man so ein Teil auf sich zukommen sieht, denkt man, eigentlich müsste es doch schon da sein, so groß, wie es einem schon vorkommt. Wenn man dann direkt davorsteht, ist es etwas kleiner als ein fünfstöckiges Haus. Aus dem dritten Stock winkt uns der Pilot aus dem Seitenfenstern fröhlich zu.

Laetitia und Liv stürmen auf das Flugfeld, sobald die Motoren aus sind. Am Rumpf der Antonow öffnet sich eine Tür und ein Besatzungsmitglied springt auf die Rollbahn und läuft ihnen entgegen. Das muss Arkadij sein. Auf halber Strecke bildet sich ein buntes Knäuel aus Schwester, Freundin und Bruder.

Danach kommt er, Liv und Laetitia im Arm, langsam zu uns und streckt mir die Hand hin.

„*Hi, ich bin Arkadij, Laetitias Bruder. Du hast etwas für mich?*“

„*And you've got something for me too?*“ ertönt es hinter Arkadijs Rücken. Dort steht ein Typ mit Cowboyhut, John Wayne Hemd und verwaschenen Jeans.

„*Hi Ron, good to see you.*“ Jonas schüttelt dem Cowboy die Hand.

„*Of course, we have. Just a wrecky old plane...*“ Jonas grinst in die Runde.

Ron kann es kaum erwarten, den Deal unter Dach und Fach zu bringen. Während unseres kleinen Gesprächs hat sich die Nase der Antonow geöffnet und den Blick auf den Mond-Rover freigegeben.

Diesmal ist es an mir zu rennen. Das Teil habe ich sehnlichst erwartet. Ich renne darauf zu und nehme die Rampe ins Flugzeug fast im Flug. Ron und die anderen kommen langsam hinterher geschlendert.

Er lädt mich mit einer Handbewegung ein, ihm in den Rover zu folgen. Drin erklärt er mir kurz, wie ich lenken und Gas geben kann und schon fahren wir langsam und vorsichtig die Rampe hinunter.

Ich. Fahre. Den. Mond-Rover.

Ich kann es kaum glauben, wie leicht er sich steuern lässt. Trotzdem überlasse ich es Ron, den Rover auf den Tieflader zu bugsieren.

„*Wir haben drei Stunden, dann sollten wir mit der IL2 wieder hier auf dem Flugplatz sein.*“

Laetitia bringt mich wieder in die Gegenwart.

Kein Problem, eine Viertelstunde später rollen wir schon über das Rollfeld des alten Feldflugplatzes. Harry, Sam und ich hatten eine Woche lang unseren Spaß damit, eine geeignete befahrbare Schneise in den Birken- und Fichtenwald zu schneiden, der die ehemalige Startbahn bewachsen hat. Auch einen schönen freien Platz vor dem Hangar haben wir gerodet. Das entstandene Feuerholz wird eine Weile reichen.

Wir laden den Rover ab und gehen mit Ron und Arkadij auf den Hangar zu. Dank Jonas haben die Hangar Tore jetzt sogar einen elektrischen Torantrieb mit Spracherkennung und Fernbedienung über das Handy. Jonas zückt im Gehen sein Telefon, murmelt „Sesam öffne dich" und die Tore setzen sich dank sorgfältig geölter Rollen und Scharnieren fast lautlos in Bewegung und geben langsam den Blick auf die beiden dahinter im Hangar stehenden Flugzeuge frei.

Auch bei denen haben wir in der vergangenen Woche etwas Hand angelegt. Die Patina auf den Flugzeugen haben wir belassen, aber den Staub beseitigt. Die Scheiben geputzt. Und die Reifen aufgepumpt. Sonst hätten wir die beiden War Birds auch gar nicht aus der Gruft bekommen, in der sie die letzten 70 Jahre verbracht haben. Den verräterischen Bodenschlitz des Fahrstuhls haben wir mit großen Planen verborgen. Zumindest Ron muss ja nicht mit der Nase darauf gestoßen werden, dass hier noch mehr zu holen sein könnte.

Ron und Arkadij reagieren interessanterweise fast gleich auf den Anblick der beiden alten War Birds. Sie bleiben vor ihren Flugzeugen stehen, verharren kurz und wuseln dann um ihre neuen Vögel herum, als wollten sie alles gleichzeitig entdecken. Jonas und Lena wenden sich Ron zu, Liv und Laetitia gehen zu Arkadij. Pauline kommt auf einem kleinen Traktor aus dem Hintergrund der Halle angefahren. Der wird gleich dazu dienen, die Iljuschin zum Tieflader zu bugsieren.

Ich bin wieder in den Mond-Rover gestiegen und genieße den Augenblick.

Eine wunderbare Frau gefunden und gerettet. **Checked!**

162

Großartige Freunde um mich versammelt. ***Checked!***
Ein altes Schloss gerettet. ***Checked!***
Den Grundstein für eine außergewöhnliche Techniksammlung gelegt. ***Checked!***
Der Welt ein historisches Artefakt zurückgegeben. ***Checked!***
Zwei Flugzeugverrückte glücklich gemacht. ***Checked!***
Zwei alten Flugzeugen die Chance gegeben, irgendwann noch einmal wieder in die Luft zu kommen. ***Checked!***
Ein Mondfahrzeug der Chance, seiner Bestimmung nachzukommen, einen kleinen Schritt nähergebracht. ***Checked!***
Und einen kleinen Jungen, der 1969 mit großen Augen vor dem Schwarzweißfernseher saß und zwei Astronauten dabei zusah, wie sie auf dem Mond spazieren gingen, auch einen kleinen Schritt zur Erfüllung seines Traumes nähergebracht. ***Checked!***
Mein Handy summt.
Dann mal auf zum Mond
Genau diesen Moment hat sich Jonas ausgesucht, um neben mir aufzutauchen.
„Na, du siehst aus, als wolltest du die Geschichte hier enden lassen.“
Ich sehe ihn erstaunt an.
„Wieso, wie meinst du das?
„Mark, du schreibst diese Story. Und du scheinst gerade im Kopf Deine Bucket List abgehakt zu haben. Liste vollendet, Geschichte geschrieben, Story zu Ende.“
„Jonas, keine Sorge, die Story ist noch lange nicht zu Ende. Und wäre es ein Buch, gäbe es noch ziemlich viele Fortsetzungen zu schreiben.“
„Na dann los, schreib Deine oder unsere Geschichte weiter.“
Mach ich, versprochen.

Samba

Ich kann meinen Geburtstag dieses Jahr kaum abwarten. Und Lena ist hartnäckig geblieben. Trotz meines Bittens und Bettelns besteht sie darauf, dass wir an meinem Geburtstag den Bulli holen. Sämtliche Hinweise ^Meinerseits auf die Vorzüge einer Zeitmaschine wurden mit dem Hinweis auf Tradition und Geburtstagsbräuche ihrerseits abgeschmettert.

Der Originalton war: *"Benimm dich wie ein Erwachsener und hör auf zu jammern!"*

An meinem Geburtstag werfen wir uns in Schale. Der Anzug, den ich zu unserer ersten Begegnung trug, erlebt jetzt seinen dritten Einsatz und Lena hat sich aus ihren frisch geretteten Sachen etwas Passendes herausgesucht.

Wir suchen uns wieder den Feldweg in Empelde. Von hier aus werden wir später auch wieder zurückspringen. Meinen Eltern werden wir heute wohl nicht begegnen, die haben genug mit meiner Geburt zu tun.

Wir fahren gemütlich zu dem VW-Händler, bei dem Lena den Bus bestellt hat. Zufälligerweise kenne ich den sehr gut. Oder ich werde ihn einmal sehr gut kennen lernen. Er liegt direkt gegenüber meiner alten Schule oder wird direkt gegenüber gelegen haben. In ungefähr 25 Jahren werde ich hier Ersatzteile für meinen Käfer und meinen ersten Bulli kaufen.

Jetzt hole ich hier Lenas Geschenk ab. Meinen zweiten Bulli. Oder wird das jetzt mein erster und der erste war eigentlich mein zweiter. Verzwickte Sache das mit den Zeitlinien.

Oh je, da nimmt mir doch so ein Blödmann im Kadett die Vorfahrt und rast mit einem Affenzahn bei hellrot über die Kreuzung. Oh, ich glaube, das war mein Vater mit meiner Mutter auf dem Weg ins Krankenhaus. Die Wehen haben wohl eingesetzt. Was wäre wohl passiert, wenn wir jetzt zusammengestoßen wären?

Es summt in meiner Hosentasche. Ich brauche das Handy nicht mal herauszuholen, ich kann mir denken, was ich mir geschrieben habe.

Seid ihr aber nicht und natürlich eine zweite Message mit dem Text **na langsam wird's doch**

Egal. Wir sind heile beim Händler angekommen, um meinen Bus abzuholen Da auf dem Hof steht er. Frisch vom Band. Ein Blick auf den Tacho zeigt eine einstellige Kilometerzahl. Und er riecht ganz neu. Lack, Blech, Kunstleder, Schmiermittel, ein Hauch von Benzin. So rochen Autos damals.

Er ist rot mit weißem Oberteil. Und er hat die Dachfenster und mitten drin auch das Faltdach. Perfekt. Auch wenn der Dezember nicht gerade dazu einlädt, das Faltdach zu öffnen. Es ist da. Zusammen mit dem Rest. Ich freu mich wie ein Kind.

Lena hat bereits die Formalitäten erledigt, während ich mit offenem Mund und verträumtem Blick vor meinem neuen Bulli gestanden habe. Jetzt reicht sie mir die roten Nummernschilder, die sie beim Kauf gleich mit bestellt hat.

„Hier, mach dich nützlich und schraub die Kennzeichen an. Dann darfst du langsam vor mir herfahren. Wir haben ein Zimmer im besten Hotel Hannovers. Und dort werden wir heute Abend dinieren, schließlich sind gleich drei Geburtstage zu feiern. Zwei Marks und ein Bulli haben schließlich heute Geburtstag.“

Womit habe ich nur diese Frau verdient. Schon bei Hilde habe ich mich das gefragt. Aber die ist ja jetzt in Wuppertal. Das hatte ich glaube ich schon erwähnt.

Lena jedenfalls ist jetzt hier. Und der Bulli auch. Wir fahren im Konvoi zum Hotel, wo ich es mir nicht nehmen lasse, den Bulli höchstpersönlich einzuparken. Dann noch schnell zu Karlchen, den Flux-Kompensator mitnehmen. Eine Zeitmaschine über Nacht in einem unbewachten Käfer mit Faltdach zu lassen fände ich dann doch etwas zu waghalsig.

Und was soll ich sagen, das war der tollste Geburtstag, den ich je hatte.

Am nächsten Morgen frühstücken wir ganz früh und fahren im Konvoi wieder nach Empelde auf den Feldweg. Dort verkabeln wir die Autos, bauen den Flux wieder in Karlchen ein und springen direkt zurück nach Prodrow in die Landezone der Garage.

Den Bulli stelle ich neben den Mond-Rover und stehe dann mit Lena davor und gebe ihr einen langen Kuss.

„Danke für alles.“

„Da nich' füer.“

„Und jetzt auf zum Mond.“

Auf dem Weg zum Mond

So, wir haben ein Gefährt und wir haben sogar zwei Raumanzüge. Die gehören sozusagen zur Serienausstattung des Mond-Rovers. Was wir noch nicht haben, ist ein Plan.

Wieder sitzen wir im kleinen Kreis, der mittlerweile aus acht Personen und einem Kater besteht, gemütlich bei Kaffee und Tee in der Schloss Küche. Wir füllen eine Liste zu klärender Punkte.

Wer macht den Trip zum Mond - Mark und Lena

Wie kommen sie zum Mond - Flux-Teleportation mit dem Mond Rover

Wo sollen sie landen - noch offen

Wann sollen sie landen - noch offen

Wie stellen wir sicher, dass der Mond-Rover auch Mond-tauglich ist - noch offen

Jonas visiert mich über den Rand seines Kaffeebechers an.

„Ich habe mir mal die Dokumentation zum LER angesehen.“

„Äh, Moment, was ist LER?“ frage ich dazwischen.

„Lunar Electric Rover, kurz LER. Immer, wenn wir von Rover reden, denke ich an irgendwas Verbeultes Englisches aus den Siebzigern. LER ist die offizielle Bezeichnung der NASA. Um auf die Dokumentation zurückzukommen, die im LER lag, als wir ihn bekommen haben, da findet sich was Interessantes. So ziemlich das Letzte, was sie damit unternommen haben, bevor das Programm gestoppt wurde, war ein Langzeitdrucktest. Unser Exemplar hat 48 Stunden in einer Vakuumkammer gestanden, ohne dass ein Druckabfall nachweisbar war. Dieser LER ist für den Mond gebaut und bereits für den Mond getestet. Die NASA wollte die LERs für zehn Jahre Nutzungsdauer haben und sie

haben sie auch dafür gebaut. Ich würde mich sofort reinsetzen und es ausprobieren. Aber ich will ja gar nicht zum Mond."

Wow, das war mal eine lange Rede von unserem King of wortkarg.

Okay, der Rover ist also getestet. Und wir könnten sozusagen in Null Zeit zurück, falls wir keinen Zeitsprung machen. Wir könnten dank Jonas Erweiterung des Flux-Kompensators das Rücksprungziel sogar schon einprogrammiert haben.

Jonas scheint meine Gedanken zu lesen.

„Das Rücksprungziel könnte sogar nach einem definierten Zeitraum, sagen wir 30 Sekunden, automatisch angewählt werden. 30 Sekunden Druckabfall würden keinen bleibenden Schaden anrichten."

„Könnte man einen Totmannschalter einbauen, wie in Zügen?" kommt von Lena.

Jonas nickt.

„Ja, lässt sich leicht einrichten. Baue ich gleich an den Flux und teste es."

„Ich denke, damit ist ein Zeitsprung wohl erst einmal vom Tisch, oder?"

Harry scheint fast ein wenig enttäuscht zu sein.

„Ja, eins nach dem anderen. Wir probieren zuerst, wie sich der Rov... LER macht. Wenn wir wissen, was er draufhat, planen wir die nächsten Schritte."

„Mars!"

Ich sehe mich um. Wer hat das gesagt? Alle grinsen mich an. Alle bis auf Sam schauen zu Sam. Mars? Warum nicht. Wenn das LER auf dem Mond gut arbeitet, würde es auf dem Mars wahrscheinlich noch leichter arbeiten. Etwas höhere Schwerkraft, etwas mehr Atmosphäre, also etwas langsamer. Fragt sich nur, ob der Flux das schafft. Aber die Reichweite hatten wir ja schon mal thematisiert.

Mein Handy summt. Nicht schon wieder ein schlauer nebulöser Hinweis von meinem älteren Alter Ego.

Im Prinzip geht das ganze Sonnensystem. Ihr müsst euch nur mal mit der Himmelsmechanik beschäftigen. Die Erd-, Mond- und Marsbahn ist drin, für etwaige weitere Ziele müsst ihr noch Daten ergänzen.

Zurück zum Thema. Wir springen zum Mond. Wir werden eine Sicherheitsschaltung haben. Wir bleiben in der Gegenwart.

„Wo wollen wir hin?" frage ich Lena.

„Wo willst du hin?" fragt sie zurück.

Wenn ich ehrlich bin möchte ich die Reste der Landefähre von Neil und Buzz sehen. Okay, da sind nur eine Fahne, etwas Raketenschrott und ein paar Fußspuren, aber genau das hat mich angefixt.

„Vergiss das mit dem Mare Tranquilitatis."

Das kommt von Harry.

„Du solltest nicht dort herumkurven, wo die Mondlandungen stattgefunden haben. Du würdest Spuren hinterlassen. Und die würden irgendwann gefunden. Das würde Generationen von Historikern und Verschwörungstheoretikern geschäftigen."

„Und wenn wir gar nicht landen, sondern uns in 100 Meter Höhe materialisieren? Ein Blick, ein paar Fotos und dann weiter."

Aber vielleicht wirklich nicht als erste Tat auf dem Mond.

„Ich würde gern an einen Ort, wo wir herumkurven können, ohne Spuren zu hinterlassen und von wo wir die Erde sehen können. Und weit genug weg von allen Apollo-Landepunkten."

„Na, dann suchen wir so einen Punkt. Ich glaube, ich habe sogar schon ein paar Kandidaten. Harry, reich mir doch mal das Tablet."

Liv lässt sich von Harry das Tablet geben, dass hier mittlerweile in der Küche eingezogen zu sein scheint. Sie öffnet eine Mondkarte, lässt die Apollo-Landeplätze einblenden und sucht und zoomt ein bisschen herum.

„Hier, Krater Kasimir. Groß genug, dass man drin herumfahren kann und vor allem fast staubfrei. Das heißt, ihr hinterlasst so gut wie keine Spuren. Jedenfalls keine, die man von der Erde aus sehen könnte. Und ihr habt fantastischen Erdblick.“

Liv sieht in die Runde und blickt in sechs erstaunte Gesichter.

„Na und, man wird doch wohl ein Hobby haben dürfen, oder? Meins ist eben Astronomie und vor allem der Mond. Okay, ich habe mich zurückgehalten, weil es Marks Wunschtraum war. Aber beim zweiten Trip zum Mond will ich dabei sein. Und Krater Kasimir wäre wirklich sehr geeignet.“

Ich nehme mir das Tablet und studiere die Lokation. Ja, Liv hat recht, der Krater liegt genau richtig, in der Nähe des Mond-Südpols, mitten in der Librationszone. Ich schaue Liv an.

„Danke, genau dort werden wir hinspringen.“

Lena legt Liv eine Hand auf die Schulter.

„Und den ersten Sprung macht ihr beide, du und Mark. Es ist nicht mein Traum, sondern eurer. Also solltet ihr zwei den Trip machen.“

Sie wendet sich mir zu.

„Nein, Mark, keinen Einwand, ihr macht den Trip. Ich mache den zweiten Sprung mit Dir, versprochen. Aber die erste Reise zum Mond solltet ihr beiden Mondsüchtigen machen.“

Liv steht auf, geht zu Lena, zieht sie zu sich hoch und küsst sie leidenschaftlich.

„Danke, Lena. Das bedeutet mir viel.“

Und schon ist der ergreifende Moment vorbei und die Küche hallt wieder von Lachen, Diskussion und freundschaftlichem Schwatzen.

Daraus kristallisierten sich der Plan. Wir, Liv und ich, werden morgen nach einem sehr leichten Frühstück den LER besteigen und den Sprung zum Krater Kasimir machen.

„Aber heute Nacht gehörst du noch mir." flüstert Lena mir zu. Wir stehlen uns bald davon und es wird eine denkwürdige Nacht.

Der Blick zurück

Am nächsten Morgen nach einem sehr leichten Frühstück, das in meinem Fall nur aus einem starken Espresso besteht, geleiten uns unsere Freunde zum LER. Den hat Jonas schnell noch aus dem Hangar in die Garage gefluxt. So hat er die Totmannschaltung ausprobiert.

Er reicht mir wortkarg ein weiteres Tablet.

„Hier sind noch ein paar Infos und Shortcuts sowie die komplette Anleitung zum LER. Die Batterien sind voll aufgeladen, der Sauerstofftank ist voll. Es sollte also nichts schiefgehen. Passt auf euch auf und bring Liv und den LER heil wieder zurück.“

Lena drückt mich, Laetitia drückt Liv. Danach besteigen wir den Mond Rover, der nun kurz davorsteht, seiner Bestimmung zugeführt zu werden.

Der Flux Kompensator steht auf den Koordinaten, die Liv ausgerechnet hat. Ich sehe Liv an, die gerade auf den zweiten Sitz geklettert ist.

„Ich habe es dreimal nachgerechnet und Jonas, Sam und Laetitia haben es jeweils auch nachgerechnet. Die Koordinaten stimmen.“

Jonas steckt kurz seinen Kopf in die Kabine.

„Und ich habe diese Position als Rücksprungziel eingegeben. Hier ist der Totmannknopf.“

Er drückt mir etwas in die Hand, dass wie ein Beschleunigungsgriff einer Autorennbahn aussieht.

„Ja, das ist von unserer alten Autorennbahn. Fand ich passend. Drück den Knopf herunter, bevor du auf den Flux-Button drückst. Wenn du ihn loslässt, kommt ihr automatisch zurück. Wenn du ihn entschärfen willst, kannst du ihn mit dieser Klammer fixieren.“

Er drückt mir eine Fahrradklemme in die Hand. Sowas haben wir als Schulkinder getragen, damit die Hose nicht in die Fahrradkette gerät.

„Echt jetzt, ein Kinderspielzeug und eine Hosenklemme?"

Ich grinse Jonas an. Er grinst zurück und zuckt die Schultern.

„Warum nicht..."

Jonas schließt die Kabinenluke. Liv überprüft die Dichtung. Wir schnallen uns an. Unsere Freunde stehen draußen und recken die Daumen. Liv und ich sehen uns an, ich mache eine einladende Handbewegung. Liv drückt den Flux-Button.

FUMP

Der Ausblick aus der Frontscheibe ist atemberaubend. Die Erde ist fast komplett zu sehen am Himmel. Wir stehen im Dunkel. Außer der Erde ist fast nichts zu sehen. Ich fühle mich leicht. Wir schauen uns an. Bislang hat keiner von uns einen Ton gesagt. Wir haben einfach nur aus dem Fenster gestarrt.

„Es hat funktioniert. Wir sind auf dem MOND! Und nichts zischt. Ich glaube, du kannst den Totmannknopf entschärfen, Mark."

Liv schnappt sich ihr Handy und macht die ersten Bilder.

Ich arbeite daran, vorsichtig die Hosenklemme über den Rennbahngriff zu schieben. Dabei rutsche ich wegen der geringen Scherkraft ab und **FUMP** wir sind wieder in der Garage.

Die anderen sechs stehen immer noch um uns herum.

„Ich denke, wir können auf den Totmannschalter verzichten. Der Rover ist dicht und es funktioniert."

Ich wende mich Liv zu. Sie nickt und grinst dabei.

„*Ja, und du bist zu ungeschickt, um den Totmannschalter zu entschärfen. Aber hier, sieh Dir die Bilder an. Die muss ich sofort Laetitia zeigen.*“

„*Wie, ich dachte, wir springen wieder zurück, wenn der Totmannschalter entschärft ist.*“

Liv legt mir gönnerhaft eine Hand auf den Arm.

„*Nimm doch lieber Lena mit. Ich mache dann den nächsten Trip mit Laetitia. Und beschreibt uns dann, wie man sich in Mondschwerkraft küsst.*“

Ich sehe Liv an. Wir kennen uns fast solange, wie ich Jonas kenne. Wer weiß, wenn er damals nicht schneller gewesen wäre...

Aber das ist Vergangenheit. Lena ist Gegenwart. Ich öffne die Eingangsluke des LER.

„*Lena, hast du nicht vielleicht doch Lust, mich zu einem Ort mit phantastischer Aussicht zu begleiten? Liv würde Dir ihren Sitz gern überlassen.*“

Lena überlegt nicht lange, sondern tauscht mit Liv die Plätze. Jonas greift kurz in die Kabine und stöpselt den Totmannknopf aus dem Flux.

„*So, jetzt ist das System wieder gegen Deine Ungeschicklichkeit gesichert.*“ informiert er mich grinsend.

„*Und tut nichts, was wir nicht auch täten.*“

„*Dazu ist die Kabine zu klein. Und wir wollen ja auch nicht, dass die kleinen grünen Männchen rot werden.*“

Lena schließt die Luke, ich mache den Gegencheck. Wir lehnen uns beide in unseren Sitzen zurück. Ich lasse ihr mit einer nonchalanten Geste den Vortritt, den Sprungknopf zu betätigen. Sie sieht mir tief in die Augen und drückt den Knopf.

Auf dem Mond ist nix los

Ohne Totmannknopf kann ich den Mond endlich auch genießen. Beim ersten Mal reichte es für mich gerade für einen kurzen Blick aus dem Fenster, um zu sehen, dass wir richtig stehen, um die Erde sehen zu können. Jetzt sitzen wir hier und dank unserer Gurte schweben wir nicht bei der kleinsten Bewegung in der Kabine herum. Es fühlt sich leicht an. Sehr leicht. Und ich habe nicht nur die phantastische Aussicht auf die Mondoberfläche und die Erde, sondern eine winzige Kopfdrehung nach rechts zeigt mir den wunderbaren Anblick von Lena. Sie macht große grüne Kulleraugen und schnappt etwas nach Luft. Sie hat die 60er Jahre vor der ersten Mondlandung verlassen. Ich bin mit Astronautenwissen aufgewachsen, habe alles, was es darüber zu lernen gab, aufgesogen wie ein Schwamm seit ich sechs Jahre alt war.

„Das fühlt sich so leicht an.“ Lena greift nach ihrem Gurt. Ich hebe die Hand.

„Vorsicht, wenn du nicht angeschnallt bist, musst du dich sehr langsam und bedächtig bewegen. Sonst springst du hier in der Kabine herum wie ein Flummi.“

Ich schnalle mich los und bleibe einfach sitzen. Wenn man sich langsam bewegt, passiert nichts. Ich drehe mich zu Lena, halte mich an ihren Schultern fest und gebe ihr einen langen und innigen Kuss. Ihrem Blick nach könnte hier auch jetzt und gleich mehr passieren. Sie scheint in meinen Augen das Gleiche zu sehen.

„Hier? Jetzt?“

Ich schüttele vorsichtig den Kopf.

„Am liebsten ja. Hier und überall, wo ich mit Dir allein bin. Aber in dieser Kabine ist wirklich nicht genug Platz.“

Lena öffnet den Gurt und danach ihr Kleid.

„Das wollen wir doch mal sehen. Los, runter mit den Klamotten.“

Kaum ist sie mit ihrem Kleid fertig, macht sie sich an meinem Overall zu schaffen. Kurz danach schweben unsere Klamotten hinter uns langsam zu Boden und Lena sitzt auf mir und der erste Liebesakt auf dem Mond nimmt seinen Lauf. Oh wow, diese Frau ist wirklich unglaublich.

düdüüdüt

Oh nein, lass das bitte nicht wieder ein Traum sein.

düdüüdüt

Lena sieht mich an. Ich sehe Lena an. Sie ist noch da. Es ist kein Traum.

düdüüdüt

„Ach, ich Schaf, das ist meine Smartdings. Jonas hat es mir eingerichtet und ich habe mit der Weckfunktion gespielt.“

Lena sitzt weiter auf mir und sucht in ihrem Kleid nach dem Handy. Wie praktisch, ein Kleid mit Reißverschlußtasche. Kurz danach ist das Handy aus und wir widmen uns wieder unserer intimen Beschäftigung. Eine Weile später sitzen wir wieder bekleidet auf unseren Plätzen.

„Siehst Du, es geht doch.“

„Ja, Lena, wenn du Dir etwas in den Kopf setzt, wird es auch funktionieren.“

„Okay Mark, gut, dass du das so siehst. Ich habe mir da nämlich etwas überlegt...“

Ich sehe ihr in die Augen. Sie wirkt unsicher, fast ängstlich.

„Lena, was es auch ist, wenn ich dabei helfen kann, dann mache ich es.“

„Du weißt ja noch gar nicht, was ich sagen will."

„Egal, wenn es Dir wichtig ist, bin ich dabei."

Sie beugt sich zu mir und gibt mir einen langen Kuss. Es ist nicht der längste in der Geschichte menschlicher Küsse, aber es ist der zweitlängste. Den längsten haben wir ausprobiert, bevor wir uns wieder angezogen haben.

Dann lehnt sie sich zurück und erläutert mir ihr Anliegen.

„Ich will meine Eltern retten. So, jetzt ist es raus. Ich habe es mir gut überlegt. Sie wurden nie gefunden. Das Haus, in dem unsere Wohnung war, wurde komplett zerstört. Der ganze Häuserblock wurde pulverisiert. Also könnten wir sie kurz vor dem Bombenangriff einfach mit ins jetzt nehmen."

Sie sieht mich Beifall heischend an. Sie ist immer noch ängstlich, dass ich nein sagen könnte.

„Lass uns überlegen, wie wir es machen können. Und eins ist klar, wenn wir es machen können, werden wir es machen. Und es gibt nichts, was ich mit Dir und unseren Freunden nicht schaffen könnte."

Mein Handy summt. Mein HANDY SUMMT! Auf dem Mond?

Klar, warum nicht. Der Flux ist besser als jeder Funkmast, du Simpel!

Und es summt wieder. Timing ist eben alles.

Ihr kriegt das hin. Ohne Lenas Mutter hätten wir den Flux-Kompensator gar nicht beschaffen können.

Oh je, schon wieder ein temporales Paradoxon. Wir benutzen den Flux, um Lenas Eltern zu retten, was wir nur können, weil Lenas Eltern, nachdem wir sie gerettet haben, den Flux beschaffen helfen, den wir benutzt haben, um sie zu retten. Das Handy summt schon wieder.

Mach Dir keinen Kopf, Hauptsache es funktioniert.

Ich zeige Lena die Nachrichten auf meinem Handy. Es scheint, dass sie erst jetzt wieder richtig durchatmet.

„Heißt das, das wir meine Eltern retten können?"

„Das heißt sogar, dass wir es getan haben werden."

„Und wie machen wir das? Oder wie werden wir das gemacht haben?"

Ich küsse sie erneut. Das ist der drittlängste Kuss in der Geschichte des Mondes.

„Das steht auf einem anderen Blatt."

Danksagung

Das ist immer der spannendste Teil beim Schreiben. Wem danke ich und wofür? Und mit wem fange ich an? Alphabetisch? Nach Länge und Dauer der Bekanntschaft? Nach Innigkeit der Beziehung? Oder einfach frei von der Leber weg?

Zu allererst gilt mein besonderer Dank meiner Frau, die mir meine Spinnerei, ein Buch schreiben zu wollen, nicht nur nicht ausgeredet hat, sondern mich auf ihre besondere Art dabei unterstützt hat. Du bist etwas ganz Besonderes, aber das weißt du ja.

Meiner Mutter verdanke ich nicht nur mein schlichtes Vorhandensein, sondern auch tiefe Einblicke in die Frisurenmode der 60er Jahre.

Und dann danke ich noch all meinen Freunden für ihre Freundschaft und Hilfsbereitschaft. Insbesondere Christian und Susanne, die sich als erste Testleser zur Verfügung gestellt haben. Danke!

Ein paar von euch werden glauben, sich in einigen Figuren wieder zu erkennen. Ihr habt alle recht und ihr liegt alle falsch. Natürlich haben alle fiktiven Figuren in diesem Buch Eigenschaften von Menschen, die ich kenne oder getroffen habe. Aber keine der Figuren im Buch hat ein reales Vorbild. Vor allem gilt das für Mark, der vollständig meiner Phantasie entsprungen ist, sowie Hilde seiner Frau. Ähnlichkeiten mit lebenden Personen sind nicht beabsichtigt und wären reiner Zufall.

Nicht einmal Karlchen gibt es. Es gibt allerdings einen sehr ähnlich aussehenden VW Käfer gleichen Baujahrs, dessen Fahrgestellnummer ich mir für diesen Roman ausgeliehen habe.

Die diversen fiktiven Charaktere, die ich mir für meine Geschichte ausgeliehen habe, sind natürlich nicht meiner Phantasie entsprungen, sondern der von J.K. Rowling, Gene Roddenberry, Robert Zemeckis und anderen. Der großartigen Zeitreise-Roman „Der letzte Tag der Schöpfung" von Wolfgang Jeschke ist nicht nur wirklich sehr lesenswert, er hat mich auch dazu inspiriert, selbst einen Zeitreise-Roman zu schreiben.

Die Beschreibung der Werksführung durch das VW-Werk ist natürlich frei erfunden, allerdings inspiriert vom Dokumentarfilm „Aus eigener Kraft" von Franz Schroeter, der in eindrucksvollen Bildern zeigt, wie Mitte der Fünfziger Jahre in Wolfsburg Käfer gebaut wurden.

Über Neo Heldt

Neo Heldt ist ein Pseudonym. Der Autor wurde 1962 in Hannover geboren und zog über Mainz, Frankfurt und Nürnberg in einen kleinen Ort etwas östlich von Berlin, wo er mit seiner Frau und zwei Katzen in einer west-ostdeutschen Mischehe lebt. Gelegentlich ist er in einem alten roten Faltdachkäfer auf einer seiner persönlichen Zeitreisen durch das östliche Brandenburg zu beobachten.

Dramatis Personae

Hauptakteure

Mark Paschköwitz
Zeitreisender, Zeitmaschinenbesitzer, Katersklave

Karlchen
in Ehren ergrauter Käfer Baujahr 1962, zeitweilige Zeitmaschine

Jonas Mörike
Marks Freund und Geschäftspartner, Big Data und IoT Guru, extrem gut vernetzt

Lena Prodrow
eigentlich Magdalena Freifrau von Prodrow, Zeitreisende, Kellnerin, Literaturkritikerin, Erbin

Maximilian Kasimir der Zweite
genannt MK Zwo, Kater

Liv Lund
eigentlich Olivia, Jonas' Ex-Frau, Halb-Dänin, Hobbyköchin

Laetitia Orlowa
Livs Lebensgefährtin, Russin, studierte Luftfahrtingenieurin

Pauline Krause
Automechanikermeisterin, Feuerwehrwagenbesitzerin,
IoT-Guru-Geliebte

Dr. Harold Ian McBuzz
Spitzname Harry Bee, Historiker, Hobby-Imker,
Ehemann von Sam

Dr. Samuel Thorbjœrn Beck
Spitzname Sam, Historiker, Ehemann von Harry Bee

Nebendarsteller

Hilde Paschköwitz-Paulsen
Marks Ex-Frau, lebt beim Marketing-Fuzzi
Der Marketing-Fuzzi
Hildes neuer Freund, Wuppertaler aus Passion
Fritz Jensen
Marks Opa, Käferfahrer
Oma Paschköwitz
Marks Oma, hilfsbereite Wegweiserin
Tante Käthe
Lenas Tante aus Fallersleben
Arkadij Orlow
Laetitias Bruder, Frachtflugzeugpilot, Luftfahrtenthu-
siast
Ron Doggerty
NASA-Mitarbeiter, Teammitglied im Projekt LER,
Liebhaber alter Flugzeuge
Carl Oppermann
Schulfreund von Sam Beck, Stadtkurator von Wup-
pertal
Hannelore Dören
Inhaberin des Dören Autohauses mit Niederlassungen
in Hannover und Wolfsburg

Glossar

Beehive
Toupierte Langhaarfrisur für Frauen in den sechziger Jahren, siehe https://de.m.wikipedia.org/wiki/Beehive-Frisur

Berlin-Rom-Wagen
Eigentlich VW Typ 60 K10 Baujahr 1939, ein Rennwagen auf VW Käfer Basis, der für die Berlin-Rom-Fahrt 1939 vorgesehen war, siehe
https://de.m.wikipedia.org/wiki/VW_Typ_60_K_10

Bielefeld
Fiktive Stadt in Nordwestdeutschland, siehe
https://de.wikipedia.org/wiki/Bielefeld-Verschw%C3%B6rung

Dilithium
Fiktives chemisches Element aus dem Star Trek Universum, siehe
https://de.m.wikipedia.org/wiki/Dilithium

Doc Brown
eigentlich Doktor Emmet Brown. Erfundener Erfinder des Flux-Kompensators. Fiktive Figur aus den drei „Zurück in die Zukunft"-Filmen

Dumbledore, Albus Percival Wulfric Brian
Fiktiver Zauberer aus dem Harry Potter Universum

Flux-Kompensator
Gerät zur Durchführung von Zeitreisen.

Häuschen
Kosewort für die Rohkarosserie eines VW Käfers

Kirk, James Tiberius
Fiktiver Captain des Raumschiffs Enterprise NCC 1701

Kommandeurswagen
VW Typ 87, eine Käfervariante aus dem 2. Weltkrieg mit Schwimmwagen-Antriebstechnik, mehr Bodenfreiheit und Allradantrieb, siehe
https://de.m.wikipedia.org/wiki/VW_Typ_87

LART
Luser Attitude Readjustment Tool

LER
Lunar Electric Rover oder auch Lunar Excursion Rover. Eine Entwicklung der NASA

Lockheed P-38 Lightning
amerikanisches Jagdflugzeug aus dem 2. Weltkrieg mit markantem doppelten Leitwerksträger, siehe
https://de.m.wikipedia.org/wiki/Lockheed_P-38

MacLane, Cliff Allister
Fiktiver Kommandant des schnellen Raumkreuzers Orion 7 aus der Fernsehserie Raumpatrouille Orion

McFly, Marty
Fiktiver Zeitreisender aus der „Zurück in die Zukunft" Filmtrilogie

Prank
Englisch für „Streich"

RTFM
Abkürzung für die englische Version von „Lies das
verdammte Handbuch"

Sassenach
abfällige schottische Bezeichnung für Engländer

Schwimmwagen
VW Typ 166, allradgetriebener Amphibienwagen mit
Käfertechnik aus den 40er Jahren, siehe
https://de.m.wikipedia.org/wiki/Volkswagen_Typ_166_Schwimmwagen

Sturmmöwe
Spitzname der Iljuschin IL2, einem einmotorigen
Jagdbomber der sowjetischen Luftwaffe im 2. Weltkrieg

Zeitumkehrer, magischer
Fiktives magisches Gerät, mit dem man durch die Zeit
reisen könnte

ZPM
Zero Point Module, ein fiktiver Energielieferant aus
der TV Serie Stargate SG-1